魔幻偵探所

15

幽靈騎士

關景峰　著

新雅文化事業有限公司
www.sunya.com.hk

魔幻偵探所

人物介紹

南森

身分：魔幻偵探所創辦人、領頭羊

年齡：120歲

畢業學校：斯塔福德學院（伏魔系）

學位：博士

捉妖經驗：108年，獲得「捉妖能手」、「怪獸剋星」等稱號

性格：遇事鎮定、善於思考，生氣時聽到幾句好話氣就消了

最具殺傷力的武器：
顯形粉、細妖繩、無影鋼鐵牆

海倫

身分：魔幻偵探所成員，南森的得力助手

年齡：13歲

畢業學校：劍橋大學（法術系）

學位：學士

捉妖經驗：1年

性格：開朗、逢事觀察細緻，吵架時總讓着本傑明

最具殺傷力的武器：細妖繩、凝固氣流彈

倫敦貝克街1號有一家 **魔幻偵探所**，
成員們精通魔法，法術高明，在一系列緊張
而又富於冒險性的偵探過程中，他們並肩作戰，
成功偵破了一宗又一宗錯綜複雜、
動人心魄的魔怪案件。

本傑明

身分：魔幻偵探所實習生

年齡：11 歲

就讀學校：牛津大學（捉妖系）

捉妖經驗：3 個月

性格：聰明淘氣、遇事毛躁

最厲害的戰術：非常規戰術

保羅

身分：魔幻偵探所機械狗

年齡：100 歲

工作能力：無所不知的電腦資料
庫，善於用百分比分析事物

性格：異想天開、調皮、懶惰

最喜歡的食物：潤滑油

最具殺傷力的武器：追妖導彈

特級裝備

細妖繩

能夠對準魔怪迅速旋轉收縮，將它細緊綁實，繩子一旦落到魔怪身上，就像嵌入肉裏，魔怪越掙脫綁得越緊，當然放繩子時可要放得準才行。

無影鋼鐵牆

這堵牆其實就是氣流，它把氣流變成了無影無形的鋼鐵牆壁，能將敵人困在其中，衝不出去。

顯形粉

這是一種非常神奇的粉末，即使魔怪偽裝、隱形了也完全能顯現出它的原形。對了，「顯形」就是「現出原形」的意思！

裝魔瓶

能把魔怪收進裏面，使其在三天內化成清水的神奇瓶子。即使魔怪身形再龐大，也能收進瓶內。

幽靈雷達

能夠準確測定氣流存在的方位，並及時發出警報的裝置。它能跟蹤、測定魔怪在哪裏。不過，如果魔怪的魔力非常強，幽靈雷達有時候也可能測不到，它的更強大的功能還有待你去改進！

追妖導彈

能夠自動尋找魔怪，進行智能追蹤的導彈，這種導彈威力比較大，一般魔怪根本抵抗不了。

魔幻偵探開始行動！

目錄

第一章　大鼠仙求援

「這幅是克蘭的作品。」南森博士指着一幅畫，「他的作品威嚴而又神秘，和波洛克一樣，他也是抽象表現主義繪畫的主將之一。」

「這、這畫畫的是什麼？」本傑明瞪大眼睛看着眼前的畫，自從進了泰特現代美術館，他一直是這副模樣，「這幅畫的名字是《紐約》，可是畫上只有黑色的線條，這畫畫的是什麼呀？」

「抽象繪畫不以追求具體形象為目的，更多的是傳達一種感受。」博士微微一笑，「繪畫本身力求引起觀眾的共鳴，這也符合現代精神……」

「我覺得也是。」海倫出神地看着那張畫，「畫面上這些粗粗的黑線條使我想起了紐約的建築。」

「哼，這你也看出來了？」本傑明不屑地說，「海倫，你真會附庸風雅。」

「我可沒有附庸風雅，我就是看出來了。」海倫立即說道，「自己看不懂還說別人。」

「呵呵，不要爭了。」博士耐心地給本傑明解釋，「抽象繪畫並不是很多人想的那樣是亂畫，它也講究結構，也有透視關係，更強調色彩的調配……」

「博士，你的知識真淵博，想不到你對繪畫也很有研究。」海倫在一邊由衷地説道。

這幾天，博士一直帶着兩個小助手參觀倫敦的幾個著名美術館，本傑明對那些具象的繪畫很感興趣，但這次在現代美術館看到現代派作品，他就有些摸不着頭腦了。儘管博士耐心地解釋，他還是一頭霧水。博士説要一步步來，多看展覽，慢慢就懂了。

在一件現代裝置作品前，本傑明又感慨一番——眼前只是幾根木條拼裝成的一個圖形，居然也能擺在美術館裏成為展品。海倫很感興趣地看着，本傑明才不相信海倫能看得懂呢。

「海倫，快過來。」本傑明小聲地朝海倫招招手，海倫馬上走到他身邊，「你看這件作品，真是很有震撼力呀。」

「去你的！」海倫有些生氣地説，她推了本傑明一把，「真是討厭，這不過是美術館的消防箱！」

本傑明在一旁哈哈大笑起來，幸好已經快閉館了，展

廳只有他們三個人，否則海倫一定叫他小聲一點。

正在這時，消防箱不遠處的牆壁伸出來一隻土撥鼠的腦袋，本傑明看見後連忙拉住海倫。「你看，這又是什麼藝術作品？」

「我不是展品！」土撥鼠瞪了本傑明一眼，「我是凱奇，博士在哪裏？」

「凱奇？」海倫吃了一驚，她認出了那隻土撥鼠，「大鼠仙凱奇？」

「對，快請博士來。」凱奇揮揮手，急切地說。

　　本傑明也認出了凱奇，他是倫敦大鼠仙的首領。大鼠仙是會魔法的土撥鼠，博士以前捉魔怪的時候得到過大鼠仙的幫助。

　　海倫把博士找來，博士看見凱奇，也很驚訝。

　　「凱奇長老，你怎麼來這裏了？」博士彎下腰，小聲地問，還好，此時展廳裏沒有其他人。

　　「保羅說你們在這裏，我就來了。」凱奇說，「馬上回偵探所，有事找你們。」

　　說完，凱奇飛快地將身子縮進牆壁裏，不見了。博士看看兩個小助手，聳聳肩。

　　「那就回去吧。」博士說。

　　三個人馬上走出美術館，博士駕車向魔幻偵探所開去。

　　很快，他們就回到偵探所，博士一進門就看見客廳的沙發上坐着大鼠仙凱奇，他的旁邊還坐着一隻大鼠仙，個子比凱奇高大，留着兩撇長長的鬍子。保羅則趴在地上，看見博士他們回來，連忙站了起來。

　　「博士，你們回來了。」保羅說，「長老找你們有要緊事。」

　　「嗨，博士。」兩隻土撥鼠站了起來，凱奇向博士招

招手，「真夠慢的，我都等你半天了。」

「堵車，倫敦的交通……」博士抱歉地説。

「這是我的表弟達倫。」凱奇指着留鬍子的大鼠仙説，「是他有事找你。」

「你好，久仰大名。」叫達倫的大鼠仙連忙説，「我從巴黎來，有件事想請你幫忙……」

「巴黎？」博士稍有些吃驚，「你們先請坐，啊，這是我的兩位助手，海倫和本傑明，保羅你們已經認識了……」

凱奇和達倫坐回在沙發上，海倫和本傑明一起看着巴黎來客達倫，他和表哥凱奇長得幾乎一樣，坐在沙發上的樣子有些滑稽。

「南森博士，請你一定要幫我這個忙。」達倫一坐下就急切地説，「是這樣的，我住在巴黎西郊的布洛涅森林公園，那裏也是巴黎大鼠仙的主要聚集地，我是那裏的第二長老，我們一直平靜地生活，可是就在兩個星期前，來了一夥幽靈騎士，大概有十幾個，要我們給他們採集千年鵝掌草的根莖……」

「等一下。」博士擺擺手，「你説有一夥幽靈騎士？什麼樣的幽靈騎士？」

「就是騎着馬的幽靈。」達倫露出恐懼的神色，「他們都穿着古代騎士的衣服，戴着頭盔，他們騎馬，不過不是每個幽靈都有馬騎，有的馬馱着兩個幽靈。他們渾身發着白色的螢光，看上去像是透明的，馬也一樣，可以説是幽靈馬。」

「你確信他們是幽靈？」博士皺着眉説。

「絕對是幽靈。」達倫語氣肯定，「魔性很大，我們大鼠仙識別幽靈還是沒問題的，發光透明是幽靈的一種半顯身狀態，這你們應該也知道。」

「嗯。」博士微微點點頭，「幽靈……騎士……你接着説，他們要千年鵝掌草的根莖？煉製魔藥嗎？」

「他們沒説，我想應該是的。」達倫説。

「為什麼找你們要呢？」本傑明插話説。

「因為我們在地下活動。」達倫兩手一攤，「千年鵝掌草的根莖可不是那麼好找的，只有我們能找到。」

「明白了。」本傑明點點頭。

「你們同意了？」海倫問道。

「他們一看就是那種作惡多端的魔怪，我們怎麼會幫他們找東西。歐菲勒長老——啊，就是我們的第一長老當場就拒絕了。」達倫很堅決地説，「結果那些傢伙就動手

了⋯⋯」

「他們攻擊你們了？」保羅叫起來。

「嗯，我們打不過他們，歐菲勒長老被打成重傷，現在還在治療。」達倫哭喪着臉説，「他們説三天後來取，否則就要剿滅我們。啊，對了，他們還威脅我們不許報告魔法師聯合會。」

「居然這麼猖狂？」本傑明憤怒地説，「要是遇到我，哼！」

「他們就會欺負你們大鼠仙。」海倫也很生氣，她知道大鼠仙雖然會魔法，但是攻擊力有限，性格也很和善。

「我當時也很生氣，他們走後，我派了兩個同伴悄悄地跟上他們。」達倫説，「我想知道他們的住處，然後找魔法師來消滅這些惡靈，可是追到城市西南的第十五區的時候，那些傢伙突然就不見了蹤影。」

「你是説跟丟了？」博士連忙問。

「是的，一下就不見了。」達倫説，「我們大鼠仙能夠穿地行進，跟蹤魔怪應該説還是很有辦法的，但據派出去跟蹤的同伴説，那夥幽靈就像是突然蒸發了一樣，消失在第十五區的勒庫爾布路上，他們也感到非常奇怪。」

「那後來呢？」博士急忙問。

「我們馬上把這件事情報告了巴黎的魔法師聯合會，他們派了十個魔法師到我們那裏，等着幽靈的到來⋯⋯」

「維拉尼先生去了嗎？」保羅連忙插嘴，「聽説他現在是巴黎魔法師聯合會執法處的一級長老。」

「維拉尼先生不在。」達倫説，「聯合會給我們派來的全是資深魔法師，法力應該和維拉尼差不多⋯⋯昨天晚上，也就是幽靈騎士説的三天之後，他們果然來了，魔法師立即展開攻擊，這些傢伙抵抗了一會，然後便開始逃跑，魔法師們立即追擊，和上次一樣，這些傢伙又跑到十五區，突然就不見了，魔法師們也毫無辦法。」

「魔法師都沒有跟上？」博士感到很奇怪。

「沒有跟上。」達倫聳聳肩，「這次還是在十五區的勒庫爾布路跟丟的。」

「都是同一個地方。」博士若有所思地點點頭，「看來這些傢伙就隱身在這裏，那應該不難找呀。」

「説是這樣説。」達倫説，「不過幽靈消失的區域有很多房子，魔法師們也對那裏展開了搜索，他們使用了非常精密的魔怪探測儀器，仍毫無結果。」

「嗯。」博士的眼睛看着窗外，「看上去這件事很棘手。」

「是呀。」達倫一直愁眉不展，「魔法師聯合會的人也感到很為難，魔法師不可能永遠守在我們那裏。現在的關鍵是怎樣找到那些幽靈，可是你們也知道，魔法師和魔法偵探是有區別的，要是和幽靈戰鬥，魔法師是沒有問題的，但讓他們偵查、找出那些幽靈就有些困難了，畢竟他們不是專職的魔法偵探。」

「我以前在達倫面前提過你們。」一直沒有說話的凱奇說道，「他想到你們是魔法偵探，還和我熟悉，就來找我，我便把他帶來了。」

「是的。」達倫點點頭，「魔法師現在還守着我們呢，但他們總要撤走的，幽靈騎士一定還會來找我們麻煩。」

「怎麼樣呀？」凱奇在一邊說，「南森小兄弟，這事你要管的吧。」

「當然，這個案子我接下了。」博士對凱奇微微一笑。凱奇都三百多歲了，當然可以稱呼自己做小兄弟。

「謝謝，非常感謝。」達倫跳下沙發。

「達倫先生。」博士說，「我一定盡最大的能力幫助你們。海倫，本傑明。」博士看看兩個小助手，「做一下準備，我們馬上出發，去巴黎。」

「哈哈，要去巴黎了。」本傑明和海倫都很興奮，連忙去房間收拾東西。

「保羅，查查最近發車的歐洲之星車次，訂三張去巴黎的車票。」博士又吩咐道。

「是。」保羅連忙說。他走到一邊，開啟自己的電腦系統，開始預訂並列印電子車票。

「好了，我的任務也完成了。」凱奇說着站起來，「巴黎我就不去了，去了也幫不上什麼忙。達倫，有博士在，你就放心吧，我先走了。」

說着，凱奇抬起腳，落地的時候整個身子轉瞬間就鑽進地裏。博士和達倫還想和他道別呢，卻來不及了，他倆對視一下，都笑了。

很快，大家就收拾好行李，這時保羅走到博士身邊，遞給博士三張車票。

「六點鐘聖潘可拉斯車站發車，晚上八點半到巴黎北站。」

「很好，老伙計。」博士看看車票，「我們現在就出發。」

第二章　來到巴黎

大家出門上了一輛計程車，大鼠仙達倫隱身跟着他們。很快就來到了倫敦的聖潘可拉斯車站，博士幾人在那裏登上一列開往巴黎的歐洲之星列車，達倫也隱身上了車。

列車正點出發，兩個半小時後，他們就到了巴黎。儘管有便捷的歐洲之星列車，海倫和本傑明還是很少來巴黎，他倆一臉興奮，尤其是想到還要在這裏執行一次偵探任務，都摩拳擦掌、躍躍欲試。

出了站，達倫叫他們先去酒店休息一下，博士卻叫了一輛計程車一定要去布洛涅森林公園問一問情況。

計程車很快就開到布洛涅森林公園。此時天早就黑了，公園裏沒有了遊客，達倫帶着博士幾人走進公園後顯身。公園裏有一個叫安菲略爾的湖，大鼠仙們的駐地就在湖的北面，現在巴黎的魔法師聯合會派了五名魔法師保護着他們。

博士他們被帶到大鼠仙的駐地，距離駐地不遠，就有兩個大鼠仙迎了上來，他們一直等着達倫長老回來呢。

「長老好些了嗎？」一見面，達倫就問那兩個夥伴。

「好多了。」一個大鼠仙説，「剛才還問你回來了沒有呢。」

在一棵樹下，博士見到了歐菲勒長老，他躺在一個草窩裏，白天有遊客時大鼠仙一般都在洞中生活，晚上天氣好就會到地面上透透氣。

歐菲勒長老的身邊有五個魔法師，達倫連忙介紹大家認識，魔法師們看到大名鼎鼎的南森博士，都很高興。

「長老，我們帶了急救水，你可以用一些。」博士關切地對歐菲勒説。

「不用了，我服了療傷魔湯好多了。」歐菲勒微笑着說，「我的傷沒什麼大礙，關鍵是要找到那些幽靈。」

「我來就是想先做個全面的調查。」博士說着看看三個助手，「你們記錄一下。」

大家全都坐在一張公園的石桌旁，本傑明升起一個小小的亮光球，隨後和海倫拿出了筆記本，保羅開啟了錄音裝置。這時，達倫把那天跟蹤幽靈騎士的兩個大鼠仙也找來了。

「首先我想知道這夥幽靈騎士以前是否在巴黎出現過？」博士問道。

「沒有。」歐菲勒長老搖搖頭，「我們大鼠仙的消息算是最靈通的，巴黎從來沒有出現過這種騎着馬的幽靈騎士。」

「達倫說他們都戴着頭盔，那麼有誰看到過他們的相貌？」

在場的大鼠仙和魔法師都搖搖頭。

「他們的攻擊力怎麼樣？」博士看着魔法師，「我是說他們的魔性大小？」

「魔性很大。」一名魔法師說，「看樣子他們成為幽靈最少也有五百年的時間了，他們使用長矛和刀劍，這些武器看上去是一般的武器，但接觸後感覺比一般刀劍更堅硬也更具威力。」

「第一次負責跟蹤的是你們兩位？」博士微微點着頭，隨後他把頭轉向兩個大鼠仙。

「是的，我叫布熱。」一個大鼠仙說，他指指身邊的同伴，「他叫德尼爾，那天是達倫長老讓我們跟蹤幽靈騎士的。」

「那請說說當時的情況。」

「那天幽靈騎士打傷了歐菲勒長老，留下話說三天後來取千年鵝掌草的根莖。」布熱說道，「隨後他們就騎着

22

馬走了，幽靈多馬少，大概兩個傢伙騎着一匹馬。我和德尼爾就在他們後面進行跟蹤，我們之間保持着兩百米左右的距離……」

「等一下，他們是沿着大街跑的嗎？」博士打斷了布熱的話。

「是的。」布熱點點頭，「沿着大街向巴黎市區方向跑，我們開始還以為這些幽靈會往郊區跑，沒想到他們跑向市區，他們那種幾乎透明的幽靈狀態人類是看不見的，我們倆則隱身跟蹤。」

「他們的速度有多快？」博士又問。

「他們騎馬，就是馬奔跑的速度。」布熱説。

「他們是怎麼消失的？」

「我們一直跟在後面，這樣跟了將近五公里，到了十五區的勒庫爾布路上，啊，確切説是勒庫爾布路和阿貝格魯路交岔口，他們一下就不見了，我倆急忙追過去，可怎麼也找不到他們了。」

博士身邊的海倫和本傑明記錄着要點，海倫把一張巴黎地圖拿給布熱，布熱指指那個交叉路口，海倫在上面做了個標記。

「你們使用了跟蹤儀器了嗎？」博士看看海倫那張地

圖上的標記，問道。

「沒有，我們憑感覺。」一直沒說話的德尼爾說。

博士微微點點頭，他明白德尼爾的意思。大鼠仙對魔怪是很敏感的，魔怪身上散發的魔性能被他們捕捉到，憑這種感覺就能跟蹤魔怪，如果魔怪散發的魔性極低或突然消散，那他們也就無能為力了。

「那麼第二次負責跟蹤是你們了？」博士對那些魔法師說，他看看領隊的魔法師，「你叫沃林，對吧？」

「是的，我叫沃林。」魔法師沃林回答，「當時幽靈騎士遭到突襲逃向市區，我們緊追不捨，他們騎馬逃竄，不過速度可不是一般馬匹的速度，那速度可以稱得上是飛奔。我們距離他們最近時只有六七十米，最遠也不過一百米，可是追到十五區的勒庫爾布路時，幽靈騎士就忽然不見了，具體地點也是勒庫爾布路和阿貝格魯路的交岔口……」

「地點倒是非常明確呀。」博士皺着眉說，他拿過那張地圖，看看被標出來的地點，把地圖還給海倫，隨後又看着沃林，「魔怪應該就在這裏藏身。」

「可能性有90%。」保羅說道，「這是我最新分析的結果。」

「我也是這樣認為的。」沃林說，「也有的魔法師覺得他們可能在這裏消失後去了別的什麼地方，這一點反正我們是沒法知道了，不過我覺得他們兩次全都逃向十五區，那麼隱身地也應該在這裏。」

「嗯。」博士點點頭，「對了，你們追蹤時使用儀器了嗎？」

「用了。」沃林說，「我們帶了德國魔法師聯合會出品的最新升級版的魔怪跟蹤儀，原本一直鎖定幽靈騎士，不過在那個路口所有的跟蹤指示全部失去了目標，那些傢伙很有一套隱藏的本領呢。」

「有些魔力較高的魔怪確實有突然讓魔性消失的本領，不過時間不會持續很長，因為這樣非常消耗魔力。魔怪魔性消失時移動速度緩慢，魔力也大減，所以說這種情況下他們也跑不遠。」博士說，「既然你認為魔怪隱身地就在這個地方，那應該用儀器進行拉網式搜索呀，因為魔怪很快會恢復魔性，那樣你們的儀器就能有所發現了。」

「我們正是這樣做的。」沃林不緊不慢地說，「當時我還呼叫了支援，魔法師聯合會緊急召集了一些魔法師趕來支援，一共來了二十多個攜帶儀器的魔法師，加上我們十個，三十多個魔法師把消失地及周邊近五平方公里的地

域進行了全面的儀器搜索，從午夜一直持續到早上，但一無所獲。」

大家靜靜地聽着沃林的介紹，海倫和本傑明沒有了剛才來時的興奮，相反，他們都感到很大的壓力，看起來他們面對的是一羣魔力較高而且非常狡猾的傢伙。

博士聽完沃林的講述，他沉默了一會，隨即站起來。

「這些情況我們都記下了，還要進一步分析。」博士說，「那麼今天就到此為止吧，我們先去酒店，偵破工作會立即展開的。」

「好的。」沃林也站起來，「公園對面就有一家酒店，我帶你們去。」

「你們就住在這裏？」博士說着指指樹旁邊的幾個簡易帳篷。

「是的。」沃林說，「不知道幽靈騎士什麼時候會來，我們晚上就住帳篷裏。」

「要當心，發現情況馬上聯繫我。」博士說完走到歐菲勒長老身邊，「長老，你好好養傷，我們會盡最大努力破案。」

「謝謝你們。」歐菲勒抬起身子，「謝謝。」

第三章　大肚皮達倫

沃林帶着博士他們出了公園，東側大門對面有一家酒店，博士幾人住了進去。沃林走後，博士和幾個小助手聚集在他的房間裏，遇到這樣棘手的案子，他們一點勞頓感都沒有。

「你們怎麼看這個案子？」博士笑着說，他似乎在緩解有些緊張的氣氛，「說說看。」

「我先說。」本傑明舉起手，博士向他點點頭，本傑明看了看筆記本，「首先，確實是魔怪作案，這點是無疑的。第二，這些幽靈騎士被魔法師追蹤時逃向市區，也許是慌不擇路，但是第一次在市區消失時應該不知道被大鼠仙跟蹤，所以他們消失的地方應該就是藏身地⋯⋯」

「你怎麼確認他們不知道被大鼠仙跟蹤？」海倫打斷了本傑明。

「大鼠仙既能隱身又能快速地遁，還和幽靈騎士保持很遠的距離，不應該被發現。」本傑明說，「要是真被發現，幽靈肯定會殺回去教訓大鼠仙。」

27

海倫信服地點點頭，沒再説話。博士示意本傑明接着説下去。

「那麼我説第三點，幽靈騎士敢於在被追趕時逃向隱身地，一定有什麼特別的本領隱身，事實上魔法師們確實沒有找到他們，這些傢伙隱藏在巴黎市區，危害極大。」本傑明環視着大家，「就這些了。」

「那你覺得下一步該怎麼辦？」博士問。

「下一步？」本傑明抓抓腦袋，「我覺得下一步應該實地查看，我們也要去勒庫爾布路和阿貝格魯路的交岔口看看……」

「嗯。」博士滿意地望着本傑明，「實地勘測是我們最基本的功課呀。」

第二天一早，博士幾人吃過早餐就開始準備起來，海倫和本傑明調試好幽靈雷達，保羅的魔怪預警系統也已經開啟。

他們上了一輛計程車，博士用流利的法語告訴司機目的地，司機開着車向市區駛去。

很快，他們就到了勒庫爾布路和阿貝格魯路的交岔路口。大家下了車，走到行人道上，仔細地觀察着這裏。

勒庫爾布路是一條東西走向的馬路，很寬，阿貝格魯

路是一條相對窄一些的南北走向的馬路，兩條路呈交叉狀態。

　　這個路口上班時段非常熱鬧，是典型的鬧市區，兩條路的兩側都是高高的房子，老建築居多，也有一些建造年份不長的高樓，這裏的房子大多有一個共同點——地面一層都是店舖，樓上住戶大多是居民。

「那些傢伙藏在這裏,對居民威脅很大呀。」海倫小聲地説。

「確實是這樣。」博士語氣有些沉重。

「我什麼都沒有發現。」本傑明手上的幽靈雷達什麼反應都沒有。

「全面偵查一下。」博士吩咐道。

他們開始了搜索,從勒庫爾布路由西向東開始,幽靈雷達對着沿街房子發射着探測波,保羅也向那些房子發射探測信號,他們也沒有放過那些小巷子。對這個區域的搜索進行了兩個小時,他們什麼都沒有發現,對此大家都有心理準備,所以並不覺得失落。

「我看不會有什麼收穫的。」本傑明站在阿貝格魯路的一間店舖前,「幽靈一定運用了什麼特殊手段隱藏在這些房子裏。」

説着,本傑明抬起手臂隨意指指身邊的房子,有些樓房高達十層,裏面的居民可不少。

「我們回酒店去。」博士看看那些高樓,然後舉手招計程車。

回到酒店,大家都去了博士的房間。海倫和本傑明兩人用一種求助的眼神看着博士,下一步怎麼做,他倆一點

思路都沒有。

「不用這樣看着我。」博士笑笑，「你們……沒有一點收穫？」

兩個小助手都搖搖頭。

「我有收穫。」保羅突然喊道，「我的收穫就是……我們什麼都沒有找到，對，這也算是收穫，起碼證明我們現在的辦法沒有用。」

「噢，老伙計，這好像確實是一種收穫。」博士笑着摸摸保羅的頭。

「博士，你發現什麼了？」本傑明問道。

「沒有什麼特別的發現，那裏除了店舖就是住戶。」博士很無奈地聳聳肩，「麵包店、咖啡館、時裝店、古董店、畫廊、書店，噢，還有兩家寵物商店……」

「對呀，是有很多店舖，還有很多住戶，幽靈騎士一定就藏在那裏。」本傑明搶過話，「就是不知道是哪一家。」

「哇，本傑明，你説了等於白説。」海倫嘲笑道。

「我只是指出一個範圍，明白嗎？」本傑明白了海倫一眼。

「嗯，一個不小的範圍呀。」博士説着神秘地一笑。

　　博士要來了本傑明和海倫昨晚記錄的筆記本,還讓保羅列印出來一張勒庫爾布路和阿貝格魯路的交岔口的平面圖,隨後讓小助手們去街上走一走,不要這麼緊張。

　　海倫他們知道,博士要開始進行工作了,這個時候不能打擾他,於是一起走出了房間。本傑明和海倫本沒有什麼心情到街上去,不過保羅一定要去,大家便一起出了酒店,在街上逛起來。

　　回到酒店的時候,海倫和本傑明各抱着一包東西,那是給博士買的,時間已經過去了將近三個小時,他們覺得博士也許已經找到了線索。

　　來到博士的房門口,海倫按下門鈴,博士把門打開,他一直是一副很沉穩的樣子。

　　「博士,給你買的。」海倫一進門就說,「蝸牛套餐和鵝肝套餐,我和本傑明都吃過了,給你買回來兩份。」

　　「噢,來了巴黎怎能忘了巴黎的美食呢?」博士開心地說,「你們怎麼知道他要來?專門買了兩份。」

　　「什麼?」本傑明問,「誰要來?」

　　「達倫呀。」博士說,「剛才我給沃林打了電話,讓他叫達倫來一下。」

「我們不知道達倫要來。」本傑明搖搖頭，「只想把這著名的巴黎美食每樣給你帶一份過來。」

「噢，那就也給達倫長老嘗一嘗吧。」博士微笑着說。

「博士！」海倫想到了什麼，「你叫達倫長老過來……莫非你找到什麼線索了？」

「呵呵，聰明的海倫。」博士說，「你可什麼都能看出來。」

「啊，太好了。」本傑明一把拉住博士，「那你快說說，那些幽靈騎士藏在哪裏？」

「本傑明，我可沒說知道幽靈騎士藏在哪裏。」博士微微一笑，「其實我也很想知道他們的下落……」

「那你……」本傑明有些急了，他以為博士故意不告訴自己，用力搖晃着博士。

正在這時，牆壁上探出一個腦袋，正是達倫長老。

「可以進來嗎？」達倫看着大家，笑了笑，「好像很熱鬧呀。」

「長老，你已經進來了。」海倫指着達倫探進來的半截身子。

達倫進了房間，博士連忙請他坐下。

「昨晚還好吧？」博士問道。

「一切正常。」達倫連忙説。

「長老，我們也剛到。」本傑明一副焦急的樣子，「博士好像有了重大發現。」

「算不上重大，但是確實是個發現。」博士嚴肅了，他把筆記本電腦轉向大家，房間的桌子上全是有關此案的資料。

「什麼發現？」達倫也興奮起來。

「你和我説過，幽靈騎士找到你們是為了得到一種叫鵝掌草的植物的根莖。」博士一點滑鼠，電腦螢幕上出現了一株植物，那就是鵝掌草。

「對呀。」達倫點點頭，「我們不答應，幽靈騎士就動手了。」

「鵝掌草多生長在林地中，不難找到，但是千年鵝掌草就不容易找到了。」博士説，「千年的鵝掌草的根莖一般都深入地下兩米多，只有大鼠仙才有機會遇到這種植物。」

大家靜靜地聽着博士的話，他們此時還不明白博士究竟發現了什麼，但是他的發現顯然和鵝掌草有關。

「我剛才在電腦資料庫裏查了一下千年鵝掌草的魔法

功效。」博士説，「在一些魔藥配方裏，鵝掌草的作用一般，完全可以被替代，但在肢體銜接魔藥裏，鵝掌草是最關鍵的配方，沒有它這種魔藥就無法配製，它的功效是絕對不可替代的。」

「肢體銜接？」大家都吃了一驚，本傑明張大嘴巴，疑惑地問。

「對，肢體銜接。」博士開始解釋，「一些魔怪因為打鬥或者其他什麼原因，手或腿這些肢體會被切斷，如果要將這些肢體重新接到身體上，那麼就要服下鵝掌草根莖配置的魔藥。魔怪的身體斷成兩截後服下此藥也能復原。」

「好像聽説過。」海倫眨眨大眼睛，「不過實戰中我沒有遇到過這種情況。」

「其實我也沒有遇到過。」博士説，「魔怪不會輕易出現肢體截斷的情況，遭到人類槍械攻擊的魔怪能很快修復殘損部位，只有遭到魔法師打擊才會出現肢體分離的情況，可這種情況下魔法師都是斬盡殺絕的，根本就不會給他們重新接好四肢的機會。不過也許有些特例，只不過我們沒有遇到過。」

「我明白了。」達倫點點頭，「博士，你的意思是幽

靈騎士有個同伴發生了肢體被截斷的情況,所以他們要尋找千年鵝掌草的根莖,但是這東西很難找,他們就來威逼我們找這東西了。」

「完全正確。」博士揮揮手,「他們只有找到千年鵝掌草根莖才能配製魔藥救同伴,我剛才說過了,配製其他魔藥是要不要鵝掌草都無所謂。」

「那又怎麼樣?」保羅插話問,「我們只知道他們有個缺胳膊缺腿的同伴,可還是不知道他們藏身在什麼地方呀。」

「這倒是。」博士嚴肅的臉上稍稍露出些笑容,「不過,老伙計,我們不妨從他們的角度來思考問題,假設我們就是那些幽靈騎士……」

「我們是幽靈騎士?」保羅晃晃腦袋。

「對!」博士語速加快,「我們有個同伴需要鵝掌草配製的魔藥救治,但是我們威脅大鼠仙失敗了,還遭到魔法師的襲擊,於是藏了起來,不過我們的同伴還處於傷患狀態,那怎麼辦?海倫,你說。」

「繼續找鵝掌草呀。」海倫一字一句地說,她認真地看着博士,像是在求證。

「沒錯。」博士推推眼鏡,「我們還會想辦法找鵝掌

幽靈騎士需要千年鵝掌草救治自己的同伴，
而千年鵝掌草只有大鼠仙能找到，他們會怎
樣做呢？

草，而找到鵝掌草只能利用大鼠仙，不過布洛涅森林是絕對不能再去了，那麼巴黎就沒有其他大鼠仙聚集地了嗎？不，巴黎還有其他的大鼠仙聚集地！」

「你認為幽靈騎士會去找其他地方的大鼠仙？」達倫問道。

「對。」博士說着打開一個網頁，上面是巴黎的地圖，地圖上標注了三個地方，「大鼠仙和小精靈聚集地在魔法界是眾所周知的，資料上也都能查到。大鼠仙喜歡羣居，我是在電腦資料庫找到巴黎大鼠仙聚集地有三個，一個在西郊的布洛涅森林公園，大鼠仙數量有三十個左右，另外兩個分別在北郊的勒維納公園和南郊的索鎮公園，大鼠仙數量都在二十個左右，是這樣吧？長老。」

「沒錯。」

「我能知道這些，幽靈騎士也能。」博士說，「所以他們就先去了你們這個巴黎最大的大鼠仙聚集地。」

「應該是這樣的，不過我們也想到了這種可能，已經和另外兩個大鼠仙聚集地打過招呼了，要是幽靈騎士後來又去威脅他們，我應該知道的。」

「他們前天晚上才遭到了魔法師的攻擊，這幾天是不敢出來的。」博士連忙說，「不過不敢出來不等於永遠不

出來。」

「嗯，為了鵝掌草，他們一定會再出來的。」達倫擔憂地說。

「你是怎麼和另兩個聚集地的同伴說的？」博士忽然問。

「我告訴他們幽靈騎士打傷了歐菲勒長老，要是那些傢伙騷擾他們，就先逃到我們這裏來，我們這裏有魔法師保護。」

「不要這樣說。」博士輕輕地搖搖頭，「要答應那些傢伙，同意幫助他們找鵝掌草。」

「答應他們？」達倫吃了一驚，海倫他們也很驚訝。

「答應他們。」博士重複道，「然後和他們約定拿貨的日期，明白嗎？」

說着，博士對大家擠擠眼睛，大家恍然大悟，全都明白了他的意思。

「等他們來取貨就抓住他們。」保羅搖着尾巴，「很好，讓他們自己送上門來。」

「我馬上去告訴他們。」達倫說着站了起來，急匆匆地想往外走。

「呵呵，長老，不用這樣急。」博士攔住達倫，「依

你們的遁地速度，兩小時內就能通知到他們。現在才中午，幽靈白天不會出來，你先吃了這些美食，這是海倫他們剛剛買來的。」

「噢，那倒是。」達倫不那麼着急了，他看到博士打開一個餐盒，裏面是海倫外帶回來的巴黎美食，「哇，蝸牛餐呀，好東西，那我就不客氣了。」

博士遞給他刀叉，達倫説：「我們可不習慣用這些東西來進餐，直接用手更方便，如果實在不方便我們就弄兩根樹枝。」

達倫説着就大口地吃起來，他吃東西的速度非常快，很快就把蝸牛套餐吃光了。

「不要着急，慢慢吃，這裏還有。」博士説着把那份鵝肝套餐也遞給達倫。

「那我就不客氣了。」達倫説着，很快他又把鵝肝套餐一掃而光。

大家都驚訝地看着他，身材不算大的大鼠仙飯量可真是不小，博士一次只能吃一份套餐，而達倫連吃兩份，好像還很餓一樣。

「要是再有點飲料就更好了。」達倫擦擦嘴巴。

博士連忙打開冰箱門，從裏面拿了一罐飲料遞給達

倫，還關切地問他有沒有吃飽，這回達倫很滿意地告訴大家，他吃飽了。

「你們放心吧，我馬上去通知另外兩處的伙伴。」達倫一邊喝飲料一邊說，「就按博士的要求說……」

「注意，提醒他們表演要逼真。」博士叮囑道，「不要表現得很順從的樣子，要很不情願，好像很怕受到幽靈騎士傷害一樣，他們離開後也不要跟蹤。」

「沒問題。」達倫說。

第四章　幽靈上鈎了

達倫走了。博士算是完成了一件事情，他很放鬆地靠在沙發上，本傑明有些不太放心，他怕幽靈騎士不會去找另外的大鼠仙要鵝掌草。博士則是信心滿滿，他相信那些幽靈騎士很快就會出現的。

海倫打電話叫來了套餐，博士吃得津津有味，巴黎的美食果然名不虛傳。他們又討論了一會有關案件的事情。傍晚的時候，沃林打來電話，他說達倫已經完成了博士交給的任務。下午博士已經把計劃告訴了沃林，如果幽靈騎士中計，還需要沃林他們幫忙。

接下來的幾天，博士和小助手們一直耐心地等待。幽靈在晚上活動，白天的陽光會阻礙他們的行動，甚至能殺死他們，所以白天應該是平安無事的，為了放鬆心情，博士帶着兩個小助手在巴黎市區遊覽了一番。

這天晚上，本傑明和博士早早地就睡下了，保羅在海倫的房間裏和海倫一起看電視劇，順便學習法語。

凌晨三點多，熟睡中的博士忽然覺得自己的耳邊有呼

吸聲，還有一股潮氣對自己噴來。他立即警覺地起身，隨後按下開關，房間的燈亮了。

　　牀邊，大鼠仙達倫和一個伙伴正貼着博士的腦袋觀察着博士，博士感覺到的潮氣是他倆呼吸時吐出的氣。

　　「看，這就是傳說中的南森博士。」達倫向那個伙伴介紹道，「和報紙上的一樣吧？」

　　「一樣。」另一隻大鼠仙點點頭，「真的一樣。」

　　博士皺着眉頭看着達倫，他覺得達倫帶着伙伴半夜鑽進房來觀察自己很不禮貌，有點生氣了。

「博士，這是我的朋友瓦爾，他是索鎮公園大鼠仙的長老。」達倫介紹道。

「你們……有什麼事嗎？」博士疑惑地問。

「沒什麼事。」瓦爾搖搖頭，「就是幽靈騎士來找過我們了……」

「啊？」博士立即瞪大眼睛，「他們來了？」

「來了。」達倫和瓦爾一起點點頭。

這時，門鈴聲響起，瓦爾連忙跑去開門。

「現在來的是沃林。」達倫解釋道，「我叫他來的，我和瓦爾鑽地前進，所以先進來了。」

「我知道我知道。」博士飛快地說，他抓起桌子上的電話，「我要把海倫他們也叫來。」

沃林先生走進了房間，接著，海倫和本傑明都睡眼惺忪地走進了博士的房間，保羅聽說幽靈騎士出現，很激動。

「快把幽靈騎士的事告訴博士。」達倫對瓦爾說。

瓦爾說：「好的。凌晨十二點多，來了兩個騎著透明馬的幽靈騎士，那天達倫說他們很有可能要來，我就一直等著這些傢伙，不過這兩個傢伙沒有攻擊我們，他們給了我們很多錢，要我們幫忙找幾株千年鵝掌草的根莖，說是

找到以後會給我們更多的錢，我說我很喜歡錢，他們很高興……」

「呵呵，這些傢伙改變策略了。」博士微微一笑。

「什麼大偵探，我看不過如此。」瓦爾指着博士，「很明顯嘛，他們改變策略了，武力解決不了就用金錢，我一想就想到了……」

「這個……」博士和沃林對視一下，都苦笑起來。

海倫和本傑明看到這樣「直爽」的大鼠仙，也都很無奈，兩人都搖着頭，哭笑不得。

「那你怎麼説的？」博士也不是拘泥小節的人，他問道。

「我就假裝很喜歡錢的樣子呀⋯⋯」瓦爾説，突然，他搖搖手，「不對，不是假裝，我是真喜歡錢，沒有錢怎麼去買蝸牛套餐？我最喜歡蝸牛套餐了，餐前再來點開胃酒⋯⋯」

「噢，瓦爾先生。」博士連忙做個停止的動作，「我們現在談的是幽靈騎士的事⋯⋯」

「我知道。」瓦爾吹吹鬍子，他瞪了博士一眼，「你這個小傢伙，還真是沒有耐心呢，我會談到幽靈騎士的⋯⋯」

「那你慢慢説。」博士連忙低下頭，面對這些三百多歲的大鼠仙，博士確實是「小傢伙」。

「哼，我不高興説美食了！」瓦爾生氣地説，「就按你要求，説那些幽靈騎士⋯⋯我就説我能找到千年鵝掌草，其實我真的知道哪裏有千年鵝掌草，就在維特里那邊，靠近塞納河⋯⋯啊，接着説幽靈騎士，我説找到鵝掌草會給他們送過去，這樣就知道他們藏在什麼地方了，你們看，我聰明吧？」

「聰明，聰明。」在場的人都連忙誇讚起來，本傑明

更是讚不絕口。

「夠了。」瓦爾一指本傑明，本傑明馬上閉嘴，瓦爾繼續說，「可是幽靈騎士不接受外送，他們說要親自來取，他們還不傻，沒有上當。」

「聰明，聰明。」本傑明連忙說。

瓦爾瞪着本傑明，本傑明連忙低下頭，不說話了。

「沒辦法啦，我就叫他們三天後再來，我會把鵝掌草給他們，時間是午夜十二點。約定好時間後，他們就走了，我鑽地去了達倫這裏，然後他就把我帶到這裏來。」瓦爾繼續說，「我這邊要做的都做了，剩下的看你們了。」

「好的，謝謝。」博士連忙說，「啊……他們這次只來了兩個？」

「對，來送錢的，不是來打劫的。」瓦爾不屑地說，「不用來那麼多，來的時候還鬼鬼祟祟的呢。」

「明白了。」博士點點頭，「非常感謝，接下來就交給我們吧。」

「那好，我先走了，如果要聯繫我你們就找達倫。」瓦爾說着指指達倫，「我還要去看看歐菲勒，據說這老傢伙好很多了……」

　　說完，瓦爾就要往牆壁裏鑽，博士連忙攔住了他，瓦爾疑惑地看着他。

　　「不好意思，瓦爾先生。」博士靦腆地笑着說，「能不能問一下，你們那麼需要錢嗎？你們要錢做什麼？」

　　「買好吃的呀。」瓦爾似乎覺得這個問題有些可笑，「半夜鑽進食品店，放下錢拿走食物。放心，我們只會多給錢。」

　　「噢，好，很好。」博士連忙點頭稱是。

　　「食品店老闆其實一直不知道是誰這樣幹的。」達倫在一邊說，「不過他們很喜歡這個方式，晚上都特意在店裏留很多食物呢。」

　　「還有什麼要問的，小傢伙。」瓦爾看看博士。

　　「沒有了，沒有了。」

　　瓦爾又要衝向牆壁，保羅看他要走了，連忙從沙發下鑽了出來，瓦爾看到保羅，連忙招招手。

　　「小狗狗，走呀，我帶你去玩。」

　　「不要。」保羅氣呼呼地又鑽到了沙發下。

　　瓦爾眉毛一揚，鑽進了牆壁。達倫向大家揮揮手，隨着瓦爾鑽進牆壁。

他倆走後，大家都圍在博士身邊，海倫和本傑明睡意全無，那些幽靈騎士終於露面了。

「看來幽靈騎士也很小心，畢竟他們遭到了魔法師的攻擊。」博士說着打開一張巴黎地圖，很快就找到了南郊的索鎮公園，「威逼行不通，改成利誘了。」

「這個公園很大，大鼠仙住在公園北面。」沃林指着地圖說。

「嗯。」博士一直盯着地圖，他頓了頓，「三天後設伏，等着這些傢伙來。」

「博士，這次只來了兩個，要是三天後來的也不多，該怎麼辦？」海倫問，「是抓住來拿貨的，還是他們拿貨後我們跟蹤他們呢？」

「他們一定會有防備，跟蹤也許會被發現。」博士說，「最好的辦法就是抓住幾個，讓這些傢伙帶路。」

「一定要計劃好，這次不能讓他們逃掉。」沃林說，「這些傢伙魔力很高，上次我們用突襲的方式，一開始就打傷幾個幽靈騎士，他們才逃跑的，否則要打上好一會呢。」

「嗯，我需要你們的支援。」博士鄭重地說，「起碼派給我十名魔法師。」

　　「沒問題。」沃林說，「天一亮我就聯繫魔法師聯合會。」

　　「大家先回去休息，我再想想具體方案，今天中午把最後方案確定下來。」博士對沃林和小助手說，隨後他看看保羅，「老伙計，把索鎮公園的地圖給我列印一份。」

50

第五章　圍捕戰

二天後的午夜，巴黎南郊索鎮公園北部的一棵大樹下，大鼠仙瓦爾懶洋洋地躺在草窩裏，翹着的腿不停搖晃着，不知道他是因為放鬆還是因為緊張得在發抖。就在他的附近，魔幻偵探所的偵探和幾個魔法師已經埋伏好了，大家都在等待前來取貨的幽靈騎士。

午夜的索鎮公園非常安靜，公園裏的湖水幾乎是靜止的，柔和的微風無法將湖水吹起一絲波瀾。

海倫和本傑明躲在一個小房子裏，這所房子是工作人員白天休息的地方，他倆蹲在窗戶邊，望着瓦爾那邊，博士讓伏擊人員和瓦爾他們的所在地保持兩百米以上的距離，只見那邊黑乎乎的，沒有絲毫的動靜。

保羅蹲在牆角，他有些緊張。他的預警系統沒有開啟，博士説不知道幽靈騎士是否對魔怪搜索裝置有反偵察的能力，所以預警系統和幽靈雷達都沒有啟用。

「快到點了。」保羅看看海倫和本傑明，「還差五分鐘。」

　　大樹下，瓦爾的腳還在晃，他身邊還有兩個大鼠仙，也盡量裝作若無其事的樣子，但是身子也不時地抖一下。

　　「沒關係，沒關係。」瓦爾看看兩個伙伴，「你們放輕鬆點，我說，你們放輕鬆點，你們看看我……」

　　「你在發抖，長老。」一個伙伴說。

　　「我這不是發抖。」瓦爾馬上說，「我這是瀟灑，瀟灑的時候都要翹着腳晃的，你們沒見過嗎？」

　　「長老，你以前沒有這樣『瀟灑』過。」另一隻大鼠仙說。

　　「我……」瓦爾翻翻眼睛，「對了，一會你倆一定要保護好我，你們兩個的法力最高了……」

　　「手氣也真差。」一隻大鼠仙連忙說，「二十個同伴抽籤決定誰來保護你，結果是我倆，你說手氣差不差，他們倒好，躲在地下……」

　　「那你們今天還多吃了兩個漢堡呢……」

　　「長、長老，他們來、來了……」一個大鼠仙用顫巍巍的聲音說。

　　的確，不遠處出現了三個白色的螢光點，隨即，三個螢光點又消失了。瓦爾和兩個同伴立即不說話了，他們全都緊張地看着螢光點出現的地方。

　　過了半分鐘，螢光點消失的地方再次出現三個光點，那三個光點越來越大，越來越亮，隨後光點轉瞬間放大，變成了迷霧一般，這種迷霧散發着白色的螢光，只見霧氣越來越大，最後慢慢地成了形，三個戴着頭盔的騎士騎着馬向這邊走來，騎士和馬都呈現出半透明狀態，在漆黑的夜色中發着淡淡的光。要不是他們散發着螢光，完全是三個古代的騎士顯身。

　　「不、不、不要緊張！」瓦爾慌裏慌張地說，他看到身邊的一個同伴正要往地裏鑽，一把揪住他，「幹什麼去？」

　　「我、我去躲一躲⋯⋯」

　　「不行，白吃漢堡啦？晚啦！」

　　正說着，三匹幽靈馬無聲無息地跑過來，它們踏在地上就像是踩在空氣裏，瓦爾都懷疑它們的腳是否着地了。

　　「嗨，早、早上好。」瓦爾向幽靈騎士揮揮手。

　　「你好，長老。」三個幽靈騎士一起拉住韁繩，三匹馬站在瓦爾面前，為首的幽靈騎士很有禮貌地舉手敬禮，「不過現在應該是半夜。」

　　「噢，對了，是半夜。」瓦爾連忙說，「那麼⋯⋯半夜好。」

「好……」那個幽靈騎士說。

「啊，只有你們三個呀，大家都好嗎？」瓦爾比畫着說，「他們都沒有來嗎？」

「長老，千年鵝掌草根莖在哪裏？」幽靈騎士說，他拿出一個袋子，在手裏晃晃，那個袋子沒有發光，是正常的一個袋子，「我們把錢拿來了。」

「噢，千年鴨掌草……」瓦爾似乎想起了什麼。

「是鵝掌草。」幽靈騎士糾正道。

「對，對，是鵝掌草，不是鴨掌草，也不是雞掌草。」瓦爾連忙說，他忽然嚴肅起來，「你們帶來的錢是真幣嗎？」

「你可以檢查。」幽靈騎士說着把袋子拋給瓦爾。

瓦爾接到袋子，把它交到身邊的同伴手裏。

「不用檢查了，我拿給你們。」

說完，瓦爾走到草窩旁邊，草窩旁有一個不大的地洞，他飛快地鑽了進去，沒有幾秒鐘，他鑽出地洞，手裏拿着一棵千年鵝掌草的根莖。

瓦爾走到為首的幽靈騎士身邊，哆嗦着把鵝掌草根莖交給那個騎士。

幽靈騎士接過鵝掌草根莖，仔細地看了看。瓦爾快速

地後退兩步，這時，幽靈騎士感覺到手裏的鵝掌草根莖有什麼不對，還沒等他反應過來，手中的鵝掌草根莖發出一聲響，隨即變成了一根綑妖繩，飛起來將他綑住。

與此同時，另外兩根綑妖繩從地下飛出，將那騎士的兩個同伴牢牢綑住，隨後，兩股氣團從地下一躍而出，氣團散盡，博士和沃林已站在地上。

「哈哈，抓住啦。」瓦爾在一邊拍着手一邊叫喊起來，「大家快來呀。」

「燃——」三個幽靈騎士此時並不慌張，他們同時唸出一句口訣。

那口訣聲剛剛落地，只見綑在他們身上的綑妖繩全部燃燒起來，很快就變成了三根碳化的繩子，黑色的碳粉隨即散落下來。

「走——」為首的幽靈騎士一轉馬頭，招呼兩個同伴。

三個傢伙轉身就跑，博士和沃林飛身躍過他們的頭頂，攔在他們面前，此時，海倫和本傑明以及五名魔法師已經趕到，鵝掌草根莖變成綑妖繩時發出的聲響就是信號。

三個幽靈騎士被團團圍住，他們勒住馬匹，陰森地盯

着博士他們，雙方陷入僵持。

「要打架啦。」瓦爾對兩個同伴説，「撤──」

三個大鼠仙一起鑽入地下，他們的任務完成了。

幽靈騎士戴着頭盔，誰也看不清他們的面目。他們三個同時把手伸向空中，同時小聲唸了句口訣，手中一起彈出一件武器，分別是刀、劍和長矛，這些武器在幽靈騎士的手中也散發着螢光，為首的幽靈騎士手持一支長矛，矛尖指向了博士。突然，他一踢馬的肚子，那匹馬立即啟動，馱着幽靈騎士持槍衝向博士，他的兩個同伴也揮舞着刀劍殺過來。

「噹──」的一聲金屬撞擊聲，博士唸了句咒語使自己的手臂變得如鋼鐵般堅硬，他用力一揮，擋開了幽靈騎士的長矛。

博士身邊的沃林沒等到幽靈騎士揮劍砍來，直接射出一枚亮光彈，幽靈騎士用劍一擋，亮光彈被彈了出去，凌空爆炸。

「千噸鐵臂──」博士掄起變長的手臂，向幽靈騎士的馬腿掃去。三個家伙立即讓馬躍起，博士掃空了。

「嗨──」本傑明和海倫飛起來，從五六米的高空出拳猛擊幽靈騎士，另外幾個魔法師則從背後展開攻擊。

幽靈騎士揮舞着武器，左擋右殺，但是無奈對手人數眾多，手持刀劍的兩個傢伙很快就被打翻落馬。

「好，好──」保羅一直在周邊，因為要抓活的，他不能使用導彈攻擊。

「把他們綑起來，注意給綑妖繩唸防火咒。」沃林拿出兩根綑妖繩，衝向落地的幽靈騎士，另外幾個魔法師也拿出了自己的綑妖繩。

手持長矛的傢伙此時被本傑明從身後一腳踢下馬，落馬後的幽靈慌張地爬了幾步，想去撿地上的長矛，一個魔法師飛起一腳將他踢得翻滾到一邊。

「脫掉他們的鎧甲，全都綑起來……」博士拿着綑妖繩走向正在呻吟的幽靈騎士。

就在這時，一股股冷風突然襲來，暗夜中，無數散發着淡淡螢光的利箭射向了毫無防備的博士他們。

「啊──啊──」兩個魔法師大叫一聲，中箭倒地。

「博士──」本傑明像是被誰猛推一下，踉蹌着撲到在地，他的後背上插着一支長長的飛箭。

一支箭襲向了博士，他感覺不對，一閃身，那支箭將他的衣服扯掉一塊，飛了過去。

「臥倒──」博士高聲喊道，他知道遇到了偷襲，

58

但是只能根據箭射來的方向判斷方位，也不知道對方的數量。

　　沒有中箭的魔法師全都趴在地上。博士的身體緊緊地貼着地面，他明顯能感覺到頭頂上一支支的箭呼嘯着飛過。射過來的箭非常密，博士判斷對方的數量不少。

　　倒在地上的三個幽靈知道同伴救援自己，連忙爬起來，跨上馬就跑。一件很是離奇的事發生了——有幾支射過來的箭穿過了幽靈騎士和馬的身體，就像穿過空氣一樣，對幽靈騎士毫無影響。

　　「啊——」一個趴在地上的魔法師身體中了一箭，對方看他們臥倒，改變了射擊方式，採用吊射的方式向博士等人放箭。

　　「轟——轟——」，就在這時，兩枚追妖導彈在箭射來的方向爆炸，保羅看見大家遭到偷襲，開啟了魔怪預警系統，鎖定救援者的方位後連射兩枚導彈。

　　導彈爆炸的地方是一個樹叢，爆炸聲過後，那邊頓時傳來鬼哭狼嚎的聲音，再也沒有箭射過來了。

　　「轟——」，看到攻擊奏效，保羅又射出一枚導彈，樹叢那邊亮光一閃，隨後又是一陣呼喊聲。

　　「海倫，你留下救助傷員。」博士已經站了起來，

「大家跟我追——」

說着，博士就衝了上去，沃林和沒有受傷的魔法師也都追了上去。海倫拿出急救水，開始逐個給倒地不起的傷員喝下。

保羅衝在最前面，他鎖定了那些幽靈騎士，魔怪預警系統也給出了資料，一共有十四個幽靈騎士，幽靈馬的數量有九匹。

遭到導彈攻擊的幽靈騎士完全放棄了抵抗，他們騎着馬匆匆忙忙地向市區方向跑去。

　　保羅鎖定了目標，剛想射出最後一枚導彈，忽然，幾輛汽車開了過來，汽車上的司機是看不見那些幽靈騎士的。保羅連忙停止了發射，他怕導彈誤射在汽車上。

　　幽靈騎士橫穿馬路後，沿着一條大街向市中心方向逃竄，博士等人緊緊追趕，雙方相距有兩百多米的距離。幽靈騎士們的移動速度非常快，追趕者也拼盡全力一路追擊。午夜的大街上人和汽車還是有一些的，這些人只能看見一夥人和一條小狗在飛奔，似乎在追趕什麼。

　　博士也數出了幽靈騎士和幽靈馬的數量，有些幽靈馬上馱着兩個幽靈騎士，不過有四匹幽靈馬馱載的幽靈騎士的身體是橫向垂在馬背上的，他們明顯已經失去了知覺，這一定是導彈攻擊的結果。

　　博士他們拚命追趕，但就是追不上，最近的時候他們相距只有一百多米了。由於是在城市追擊，街道兩側有很多民居，保羅的導彈不敢發射，一旦射入民居內，那可不得了。而博士發射凝固氣流彈的距離又稍稍遠了一些，他們只能盡量加快速度，只要追上這些傢伙就能展開近距離攻擊了。

　　「快，他們要進入市區了——」熟悉巴黎地形的沃林喊道，説着縱身一躍，衝了上去。

　　「嗖——」的一聲，一直觀察着追兵的幽靈騎士回身就是一箭，沃林連忙閃身，躲過了射來的利箭。

　　又有幾支箭射向緊緊追趕的魔法師，他們連忙躲避，這樣一下就拉大了魔法師和幽靈騎士之間的距離，他們相距有三百多米了。

　　很快就進入了市區。幽靈騎士一路狂奔，進入了十五區，前面就是勒庫爾布路了，沃林一揮手，兩顆紅色的亮光球直直地飛到天空中，隨即在高空閃爆。

　　不出博士所料，幽靈騎士還是向勒庫爾布路和阿貝格魯路交岔口那裏逃竄，此時他們已經跑到了阿貝格魯路，快要到和勒庫爾布路的交岔口了。就在這時，街道兩側的房子上跳下幾個人，同時小巷子裏也閃出幾個人，一共五名魔法師攔在路上，他們看到了沃林發出的信號，及時出來阻截。

　　被追趕的幽靈騎士連忙勒馬停下，後面的追兵隨即趕到，他們被堵在勒庫爾布路上。

　　「全都下馬！」一個進行攔截的魔法師揮揮手。

　　為首的幽靈騎士發出一聲冷笑，隨即一揚手，一片閃亮的螢光球射向攔截的魔法師，魔法師們連忙躲避，隨即也向幽靈騎士射出一股股爆破氣團。

　　幽靈騎士們的身後，博士和沃林等魔法師也射出氣流彈，就在前後兩組氣團要擊中那夥幽靈的時候，他們忽然全都消失得無影無蹤，魔法師們射出的氣團全部失去目標，消散在空氣中了。

第六章　十五世紀的武器

兩隊魔法師站在原地，他們全都愣住了。保羅的魔怪預警系統一直鎖定着幽靈，此時也完全失去了目標，他連忙加大功率，向四下連連發射探測信號，可什麼都沒有發現。

「搜——這附近全都搜一下——」沃林指揮着那些魔法師，魔法師們此時都拿出了魔怪探測儀器。

大家分開搜索，博士前幾天來過這裏實地勘測，對這裏不算陌生。此時街道兩側的房子基本上都熄了燈，路邊也偶爾開過一輛汽車。博士沒有拿着幽靈雷達，他站在原地，知道搜索不會有什麼結果的，那些幽靈騎士往這裏跑就一定有某種隱身方法。有些魔怪能隱去魔性避免被發現，但持續時間不會很長，這些幽靈騎士一定掌握了可以長時間隱去魔性的手段。

搜索了一會，魔法師們全都垂頭喪氣地來到博士身邊。

「全都不見了。」沃林懊惱地説，「這些傢伙真是狡

猾。」

「他們有特別的隱身本領。」博士緩緩地説。

「我在他們射箭的樹叢裏安排了人手。」沃林焦急地説，「怎麼會沒有發現這些傢伙呢？」

「你安排的人來了嗎？」博士指了指一起追趕來的魔法師。

「沒有。」沃林説，「是不是……」

博士連忙掏出手機，給海倫打電話，他讓海倫馬上去剛才幽靈騎士偷襲大家的樹叢那裏找找有沒有受傷的魔法師。

博士和沃林預料到幽靈騎士不會全去拿貨，會有幾個在周邊接應，因此沃林在周邊也派了幾個魔法師進行警戒，樹叢那裏是安排了一個魔法師的，但沒接到警報，結果大家遭到飛箭偷襲。

「留下幾個魔法師在這裏繼續搜索。」博士很不放心那些受傷的魔法師，他看看沃林，「我們先回去。」

沃林留下了幾名魔法師，叫他們擴大搜索範圍。博士等人攔了幾輛計程車，前往索鎮公園。

計程車剛剛開出去沒多久，博士的電話響了，來電的是海倫，她説在樹叢裏找到一名受傷的魔法師，這人正是

在樹叢中戒備的魔法師之一，他受了重傷，喝了急救水後稍好一些了。海倫還報告了本傑明和另外兩名受傷魔法師的情況。

博士面色凝重，他把情況告訴了身邊的沃林，這次行動計劃應該算是比較周全的，但是幽靈騎士還是擺脫了圍捕。

計程車很快就開到索鎮公園，博士等人下了車，連忙向公園裏走去。來到剛才交戰的地方，他們看到本傑明和三個魔法師躺在一棵大樹下，海倫在旁邊照顧着，瓦爾和十幾個大鼠仙也在那裏。

「海倫，他們怎麼樣？」博士一見面就急切地問。

「博士。」側躺着的本傑明微微抬抬身子，「我很好。」

「你快躺下。」博士連忙搖搖手，他蹲下身子，發現本傑明臉色蒼白，有氣無力，「感覺怎麼樣？」

「背上中了一箭。」本傑明咬了咬嘴唇，「箭拔下來了，還喝了急救水，身子能動了，就是中箭的地方很痛。」

「剛才他昏迷了。」海倫在一邊説，「幸好及時喝下急救水。」

「他們怎麼樣了？」博士看看三個受傷的魔法師，沃林正在和其中一個說着話。

「兩個重傷，一個輕傷。」海倫説，「還好你們打電話來，我才找到在樹叢裏的那個魔法師。他流了很多血，我給他喝了急救水，大鼠仙也拿來一些療傷魔藥，如果再晚一點的話，就真的很危險了。」

正説着，沃林來到博士的身邊。

「博士，我剛才問了米肖，米肖是我安排在樹叢裏戒備的魔法師。」沃林小聲地説，「他聽到了我們這裏的打鬥聲，忽然被什麼東西擊中頭部後就失去了知覺，他説在被擊中前沒有發覺附近有什麼異常。」

「他要是發現異常就不會被打暈了。」瓦爾一直瞪着大眼睛在旁邊聽着，看到博士他們沒有抓到幽靈騎士，他很沮喪。

博士和沃林看看瓦爾，都沒有説話。

「博士，我們現在怎麼辦？」瓦爾繼續説，「幽靈騎士會向我們報復的……」

「你們可以先去布洛涅森林公園那裏，那邊有魔法師保護。」博士建議道。

「好吧。」瓦爾無奈地説，「我們天亮前趕過去。」

「瓦爾長老，我想請您的手下幫我找找剛才交戰時幽靈騎士遺留的武器，還有那些箭。」博士說。

「沒問題。」瓦爾點點頭，隨後去吩咐手下了。

「博士，我叫聯合會派車來接走傷員。」沃林放下手中的電話，博士剛才和瓦爾說話的時候，他已經聯繫了車輛。

「好的。」博士說。

不一會，魔法師聯合會派來了汽車，沃林他們把受傷的魔法師抬上車，隨後跟着車走了。大鼠仙也找到了幽靈騎士遺留下來的武器，交給了博士。告別了大鼠仙後，博士和海倫扶着本傑明上了另外一輛車，汽車向布洛涅公園的酒店開去。大鼠仙們也收拾一些東西準備去布洛涅森林了。

這次行動失敗了，回到酒店後，博士和海倫安排本傑明睡下，然後一起到了博士的房間，房間的桌子上擺着刀、劍和一些箭支，都

是大鼠仙找來的。

「十五世紀的法國騎士用劍。」博士把長劍拿在手上，「當時法國是瓦盧瓦王朝，英國是約克王朝。」

「你的意思是那些幽靈是在十五世紀形成的？」海倫問。

「嗯。」博士點點頭，「大概是瓦盧瓦王朝路易十一世時期。」

「五百多年了。」保羅説，「怪不得這麼厲害。」

「也不能説一無所獲呀。」博士又拿起幾支箭仔細看看，隨後，他把箭放到桌子上，説道：「海倫，你也去休息吧，明天沃林還要來，我們要商量下一步該怎麼辦。」

「好的。」海倫站了起來，「博士，你也早點休息。」

博士點點頭。海倫走後，博士沒有休息，和保羅議論着剛才的戰鬥，他的心情很糟，早上五點才睡下。

第二天上午，海倫先去了本傑明的房間，本傑明已經醒了，他的臉色稍微紅潤了些，喝了急救水，又服下大鼠仙給的療傷魔藥後，海倫讓本傑明繼續休息。

不到中午，博士起來了，看上去他沒什麼特別的表情，只是情緒不高。保羅説了幾個笑話緩解氣氛，但效果

也不是很好。

　　午飯後，沃林來到了酒店。博士見到沃林，連忙詢問幾個受傷魔法師的情況，沃林說他們都還好，只是和本傑明一樣需要靜養，博士終於放下了心。

　　沃林在博士的房間裏看到了幽靈騎士遺留下來的武器，這些武器脫離了幽靈騎士後，不再散發螢光了，不過刀和劍繼續散發着寒光，儘管是中世紀的武器，但看上去像新的一樣，刀鋒和劍刃都極為堅硬和鋒利。

　　「刀劍是普通的古代武器。」沃林拿起那把戰刀，「不過幽靈使用時威力大了很多，顯然他們把魔性注入到武器上。」

　　「應該是這樣的。」博士認同沃林的看法。

　　「博士，我仔細想了想，昨天我們的部署應該是周全的。」沃林語氣略有憤懣，「我在周邊安排了魔法師，就是怕他們的同伴接應，但是還是遭到襲擊，你預料到他們可能還會逃向勒庫爾布路那個路口，安排了魔法師提前攔截，可他們還是隱身跑掉了，真不知道我們該怎麼做。」

　　「這是一夥極有魔力的傢伙，也非常狡猾。」博士無奈地搖搖頭，隨即對沃林笑笑，「不過從另一方面說，我

70

們也不是一無所獲，得到這些刀劍是小事情，關鍵是我看見好幾個幽靈身體垂在馬背上，應該是遭到導彈攻擊的結果。」

「我的導彈威力很大，他們一定也有很大損失。」保羅連忙對沃林說。

「嗯，我想是的。」

「對了，歐菲勒長老說巴黎以前從來沒有過這樣一羣幽靈，難道是從其他什麼地方來的？」博士問。

「巴黎以前絕對沒有這樣一夥幽靈。」沃林肯定地說，「鬧市裏要是有這樣一羣傢伙，早就出事情了，我看他們是最近才來的。」

「根據一般幽靈的活動規律，個別幽靈會在鬧市裏活動，但大羣的只會在郊區人煙稀少的地區聚集駐紮。」博士疑惑地說，「真是奇怪。」

「就是，那裏有什麼東西吸引着他們？」沃林像是在問自己。

「那個交岔口地區是重點呀。」博士說道，他看看沃林，「我想請警方對勒庫爾布路和阿貝格魯路交岔口地區進行一次搜查，看看那裏有什麼異常情況。」

「好的。」沃林點點頭。

「還要派出魔法師在那個交岔口進行監視。」博士說，「那裏隱藏着幽靈，雖然現在沒有什麼事情，但是我總是不放心。」

「這兩件事我來安排。」沃林說。

博士沒有再說話，他走到窗戶邊，看着遠處的布洛涅森林公園，公園裏此時有不少的遊客，大鼠仙瓦爾他們應該已經轉移到這片森林裏。

「我們下一步的重點是不是轉移到那個路口？」沃林走到博士身後，輕聲地問。

「嗯。」博士答道，「現在也只能在那裏找突破口了。」

「可是搜索不到什麼呀。」海倫說，「最高級的探測設備都用上了。」

「不能灰心。」博士勉強笑笑，「其實我們沒什麼別的線索了，不過我覺得在那裏應該能發現些什麼。」

博士決定再次對勒庫爾布路和阿貝格魯路的交岔口地區進行實地勘測，他一定要從那裏找出點什麼。

沃林負責協調巴黎警方的工作，還要安排魔法師前往監視，那個神秘的路口成為了下一步工作的重中之重。

沃林走後，博士帶着海倫和保羅再次去了那個交岔口

地區，這裏依然是人來人往，熱鬧非凡。路人的臉上都洋溢着笑容，他們當然不知道這裏隱藏着威脅。

保羅開啟了魔怪預警系統，不過他並不奢望能夠發現什麼，海倫把幽靈雷達放在自己的背包裏，要是有什麼情況，她能馬上收到警報。

在兩條馬路上巡視了一番，毫無結果，他們便坐到一家街邊的咖啡館，博士要了兩杯咖啡，似乎無所事事地喝起來，海倫可沒心思喝咖啡，周圍的顧客都是悠閒的人，可自己不是，他們是來巴黎偵查案件的。

博士喝完咖啡，掏出保羅列印的交岔口的平面圖，他把對面店舖的名字一一記錄在圖上。

「海倫，你看那個傢伙，鬼鬼祟祟的。」保羅拉拉海倫的衣角，「街角那個傢伙。」

海倫連忙望過去，只見街角確實有個人走走停停的，不像是遊客，也不像購物者。

「他是個正常人呀。」海倫說道。

「為什麼鬼鬼祟祟的？」保羅說，「要麼進店，要麼趕路……」

「我看你是有點神經質了。」海倫摸摸保羅的腦袋，「這個世界上是有些沒事做的人，但是這和幽靈是兩回

事。」

「也許吧。」保羅晃晃腦袋，他懷疑的那個人慢慢走遠了，消失在人海之中。

「大白天的幽靈怎麼會出來？」海倫俯身小聲説道。

「可能是幽靈的同伴呀。」保羅説，「幫幽靈辦事的。」

「那倒是有可能。」海倫望着街上的行人，「不過和幽靈接觸的人多少都會附帶上魔氣，幽靈雷達也能檢測出來，可是……」

的確，海倫的幽靈雷達一直很平靜，保羅也一樣，剛才那人距離他倆大概五六十米，絕對在探測範圍內，要是有魔氣，雷達會有反應的。

博士和海倫的晚餐是在阿貝格魯路上的一家小餐館吃的，本傑明打來過一個電話，説自己好多了，博士要本傑明注意休息，他們一會兒回去。

回到酒店，博士到自己的房間整理資料，保羅和海倫去了本傑明的房間，本傑明確實恢復得很好，海倫把下午去實地勘測的事告訴了本傑明，雖然沒有什麼收穫，不過她特別提醒本傑明要有信心，大家一定能抓住那些幽靈騎士。

74

　　「是你自己沒有信心。」本傑明雄心勃勃地說，「我可從來沒有灰心過。」

　　海倫翻了翻眼睛，沒有再說話。

第七章　小巷魔影

午夜的勒庫爾布路行人少了很多，晚上十點多，這裏下了一場不到二十分鐘的小雨，地面上積了一些水，店舖的霓虹燈映射在地面上，很好看。

路邊，一個男子低着頭走進一條小巷，他是巴黎的魔法師克萊蒙，現在被安排住進了勒庫爾布路上一座臨街的樓裏，他走進二樓的住所，然後徑直來到窗邊，推開窗後往下看了看，這裏的視界很好，他又向對面的樓房看了看，對面樓房的三樓也住進了一名魔法師，交岔口這裏一共有五名魔法師入住。和博士一樣，法國的魔法師聯合會也想儘早清除那夥幽靈騎士，全力配合着博士的行動。

一輛汽車從勒庫爾布路上快速駛過，濺起了一些積水，一位在行人道上行走的女士連忙靠近路內，躲避濺起的水花。

走在路上的是穆蘭女士，她在第九區的一家公司上班，平時是不會這麼晚回來的，今天是全公司加班，她出了地鐵後匆匆地往家走，前面轉進一條小巷就到家了。

寂靜的夜裏，穆蘭女士的鞋跟敲擊着地面，發出清脆的聲音，在潮濕的空氣中傳得很遠。快到家了，她不禁加快了腳步。

「啊──」的一聲尖叫響徹天空，穆蘭女士轉進小巷的時候，迎面看見一個散發着白色螢光的傢伙，這傢伙頭髮長長的，身上穿着一件從頭到腳披下來的罩衣，身體似乎有些透明。穆蘭女士覺得自己遇到了幽靈，頓時嚇得暈倒在地。

那個幽靈看到穆蘭女士倒地，俯身蹲了下去，手爪直直地伸向她的脖頸。

「呼——」的一陣疾風，一隻透明的手臂像是從空氣中鑽出來，這隻手一把抓住那個幽靈，用力一拉，幽靈和那隻手臂一起消失在空氣中。

「嗨——」魔法師克萊蒙飛奔着趕了過來，他剛才一直坐在窗邊看書，這個晚上他不能休息。克萊蒙聽到了穆蘭女士的驚叫聲，連忙從窗戶裏跳了下去，他那裏距離穆蘭女士遇襲地最近，克萊蒙看到了幽靈的身影。

與此同時，克萊蒙對面住着的魔法師也趕了過來，克萊蒙扶起昏迷的穆蘭女士，隨後看看同伴。

「有幽靈，搜——」

那名魔法師連忙掏出幽靈探測儀，對着四下照射。克萊蒙扶起受驚的女士，發現她沒有受到什麼傷害，只是驚嚇過度，這才鬆了口氣。

另外三名魔法師也趕到了，他們一起展開搜索。穆蘭女士在克萊蒙的呼叫下終於醒了過來，發現自己被救，她激動得掩面哭泣，身體不停地顫抖着。

沒過多長時間，一輛計程車在路邊停下，門一開，保羅最先跳了下來，接着博士和海倫也下了車，是克萊蒙打電話把他們叫來的，他同時也給沃林打了電話，沃林比博士先到，此時正在路邊等着博士。

「南森博士。」看到博士，沃林連忙迎上去，他有些激動，「幽靈出現了，幸好你及時在這裏安排了人手……」

「受害者在哪裏？」博士打斷沃林的話。

「在我們租的房間裏。」沃林説，「跟我來。」

博士和海倫急忙跟着沃林進了小巷子，走進了一座大廈二樓的一個房間，裏面有三名魔法師，受害者坐在一把椅子上，情緒已經平復了很多。

「這位是南森博士。」沃林連忙向大家介紹，「還有他的小助手……」

博士和小助手們對大家打個招呼，沃林指了指穆蘭女士。

「這位是穆蘭女士，就是她遇到了幽靈。」

「你好，女士。」博士關切地説，「現在好些了嗎？」

「好多了。」穆蘭勉強笑笑，「還好有你們這些魔法師保護我。」

「能把剛才的事説一下嗎？」博士問。

「可以。」穆蘭女士點點頭，「今天我加班，回來很晚，這個樓下有個小巷子，我轉進去的時候迎面看見一個

幽靈，渾身還發着白光呢，我嚇得叫了一聲，就什麼都不知道了。」

「幽靈是什麼樣子的？你看到他的面貌了嗎？」

「披頭散髮，臉基本被蓋住了，我看到了他的鼻子和嘴，沒什麼特別的，也沒有電視上那種外露的尖牙。」穆蘭女士回憶道，「他罩着一件長衣服，渾身是透明的，好像一團氣一樣……」

「有幾個幽靈？」

「一個，只有一個。」

「幽靈沒有拿什麼武器，或者身邊有沒有同樣發着白光的馬匹？」

「沒有拿武器，也沒有馬匹。」穆蘭女士疑惑地看着博士，「只有一個很恐怖的幽靈。」

「你當時除了恐懼還有什麼特別的感覺嗎？」博士又問。

「感覺？」穆蘭眨眨眼睛，「啊，想起來了，我感覺非常冷，現在快夏天了，不會這麼冷。」

博士和魔法師們對視一下，人類近距離遇到幽靈，是會感覺到這種寒冷的。

「當時他沒有攻擊你，對吧？」海倫問了一個問題。

80

「是的，是我自己暈過去的，我從來沒有遇到過這樣的事。」穆蘭女士又露出恐懼的目光，「迎面撞上他，我……」

「我們能理解。」博士安慰道，「好的，沒關係了，我們會抓住他的。」

「我不要住在這裏了。」穆蘭女士痛苦地說，「我要和家人住到別的區去……」

「嗯，這樣也好。」博士點頭表示同意，「你請放心，我們馬上對這個地區採取措施，完全能控制這裏的局勢，不過在問題解決之前，希望你能配合我們，先不要對外透露今晚這件事。」

「知道了。」穆蘭女士輕聲說。

「對了，穆蘭女士，這裏最近有什麼異常嗎？有類似的事發生嗎？」

「沒什麼異常呀。」穆蘭女士皺着眉，「而且我從來沒聽說有誰遇到了幽靈。」

沃林讓一名魔法師送穆蘭女士回家。

「剛才是誰最先趕到的。」穆蘭女士走後，博士問道。

「是我，我叫克萊蒙。」克萊蒙連忙說。

「嗯，你説説剛才的情況。」

「我在二樓看書，忽然聽到一聲驚叫。」克萊蒙説，「我當即就跳下樓，向聲音傳來的方向跑去，我看到發着白色螢光的幽靈了，不過也就一秒鐘，他突然就不見了。」

「他看到你就逃跑了嗎？」保羅問道。

「好像不是這樣的。」克萊蒙似乎不是很確定，「不過我看到那個幽靈是被一隻手拉走的，也就是説現場還有一個幽靈，但是只露出一隻手臂。」

為什麼那個披頭散髮的幽靈會被另一隻手拉走？它們是幽靈騎士還是別的幽靈？

「你是説有兩個幽靈？」博士沉思，「其中一個沒有露出全身？」

「是這樣的。」

「受害者説只看到一個幽靈，當然，她受驚過度，有可能看錯了。」博士説，「也有可能另外一個幽靈隱藏在一邊。」

「不管有幾個，反正他們按捺不住幽靈的本性，出來害人了。」保羅憤憤地插話道。

「是這樣的。」沃林跟着説，「博士，剛才受害者説幽靈是披散着頭髮的，不是騎士裝扮，你看跟前幾次的是同一夥幽靈嗎？」

「應該是的。」博士説，「他們外出時可能會特意穿上騎士盔甲，在隱身地不穿盔甲，也沒有騎幽靈馬，而且從發光的情況看，這種散發着白色螢光的幽靈不多見，幽靈散發淡綠色光的比較多……無論如何，這裏已經成為高危地區，不過為了避免引起恐慌，還不能通知居民，現在只能加派魔法師保護這個地區。」

「十名增援魔法師馬上就要趕到了。」沃林説，「五名在這個區域遊動巡邏，五名派駐樓頂，監視這裏的一切，幸好這裏不大，我們能夠掌控。」

「好。」博士很滿意沃林的安排,「我不回酒店了,請你在這裏給我們找個房間。」

「這沒問題。」沃林連忙説。

「海倫,你自己回酒店照顧本傑明,他明天基本能復原了,你們白天也搬過來。」博士對海倫説。

「那我呢?」保羅連忙問。

「你留下來。」

交岔口的情況突然變得危險起來。魔法師知道幽靈本性是無法改變的,在一個人類居住區,他們不出來作怪才不正常呢。通過穆蘭女士遇襲這件事,博士完全判定那夥幽靈就隱身在這個區域,也許就在他們這座大樓裏。

海倫獨自回布洛涅公園那邊的酒店。博士留了下來,沃林安排他住進一間阿貝格魯路上臨街的房間,房間在三樓,從窗戶能看到下面很大的區域。增援的魔法師此時已經趕到了,現在不但房間和屋頂有值守的魔法師,還有走動巡邏的魔法師,整個區域完全在魔法師的掌控之中。

這個夜晚的後半段平靜了下來,不過巡邏的魔法師依然在街上來回走動,房間裏的魔法師也都嚴陣以待。隨着白天的到來,大家懸着的心稍稍放鬆了一些,他們可以暫時休息一會了。

第八章　微型探測儀

中午，海倫和本傑明來到了阿貝格魯路上的新住處。

海倫和本傑明到了以後，提着箱子的沃林也來到博士的房間。他帶來了一個消息，巴黎警方經過調查，發現勒庫爾布路和阿貝格魯路交岔口這個區域最近並沒有什麼特別異常的情況發生。

「東西拿來了嗎？」博士請他感謝巴黎警方，隨後問。

「拿來了。」

沃林打開箱子，海倫和本傑明好奇地看去。只見沃林從裏面拿出來四台比手機還小很多的儀器，海倫和本傑明見過這種微型儀器，這是用來探測魔怪的儀器，功能和幽靈雷達差不多。

「要這個幹什麼？」本傑明好奇地問。

「安放在交岔口的四個轉角處。」博士拿起一個魔怪探測儀看了看，「作用有兩個，一是幽靈出現在搜索範

圍內能及時發現他，另外，如果這個區域有誰和幽靈有接
觸，身上多少會沾染上一些魔氣，這種儀器對微小魔氣的
反應也很靈敏，找到這個人就等於找到了幽靈。」

「這個主意很好。」海倫很興奮，「博士，你什麼時
候想出來的？」

「是昨晚那個受害者給我的啟發。」博士説，「我
見到受害者的時候，察覺到她身上有一種淡淡的魔氣，當
然她不是隱匿幽靈的人，但她剛剛和幽靈有正面的接觸，
沾染上了魔氣，這就說明那些幽靈
身上的魔性非常大，這也難怪，他
們是一夥有五百年以上年齡的幽
靈。」

「博士的這個提議很好，
要是有這樣的人，我就不相
信他不出家門。」沃林也拿
起一個探測儀，「只要他從
交岔口走過，這個儀器就能
探測出魔氣並跟蹤定位。」

「要是早點想到這
個辦法也許已經有了成

效。」博士遺憾地說。

探測儀的安裝工作是和警方聯合進行的，警方派出兩名技術人員，裝扮成市政維修人員，沃林親自出馬，裝扮成領隊的負責人，三個人一起在交岔口的四個街角安裝探測儀。探測儀分別被巧妙地安裝在兩個自動售貨機、一個電話亭和一個郵筒裏。

探測儀安裝完畢，沃林給博士打了一個電話，接下來的工作是進行訊號測試。探測儀此時全部和保羅身上的儀器聯網互通，一旦搜索到訊號就會自動向保羅發射警報。保羅現在要下樓，經過每個安放點的時候發出一個探測訊號，檢測一下互通效果和訊號接受強度。

本傑明一直呆在房間裏，都悶死了。博士看他身體恢復得很好，同意他一起前往。

魔幻偵探所成員下了樓，他們轉出小巷，來到阿貝格魯路上，前面橫着的馬路就是勒庫爾布路了，博士他們走到路口，看到了一個電話亭，保羅扭頭和博士對視一下，隨後向電話亭發射了一個訊號。

幾秒鐘後，保羅搖搖尾巴，表示效果很好。然後他跨過馬路，來到阿貝格魯路的另一側，那裏有台自動售貨機，沃林和兩個「市政人員」在路邊若無其事地站着，保

羅在自動售貨機旁發出一個訊號，測試效果也非常好。

他們又來到勒庫爾布路上，接連測試了另外兩個探測儀，全都效果良好。博士拿出電話打給沃林，告訴他測試正常可以收工了，他讓沃林先回房間，自己帶着小助手再在街上走一走。

放下電話，博士帶着小助手沿着勒庫爾布路向東走去，剛走了幾十米，一所大房子裏走出來一個中年男子，中年男子攔住了博士三人和另外幾個行人。

「不好意思，我們正在搬東西。」那個中年男子很有禮貌地說。

博士等人站在原地，只見兩個年輕人從那所大房子裏抬了個扁扁的木箱子走了出來，木箱將近兩米長，一米多高，他們小心翼翼地把木箱子抬到一輛停在路邊的汽車上。

「好了，謝謝你們。」中年男子對大家報以微笑。

博士點點頭，他下意識地往汽車那邊看看，不過他的視線很快越過了那輛汽車，穿越馬路，射到斜對面的街上。

「海倫，本傑明。」博士忽然叫住兩個已繼續向前走的小助手。

海倫和本傑明連忙走了過來。

「你們看看對面。」博士低聲説，「好像是一家古董店。」

「是一家古董店。」本傑明看到了店名，「龐坦古舊貨商店。」

「裏面好像有個古代騎士呢。」海倫有些激動地説，「剛才有個人拉門進去，我看見了。」

「過去看看。」博士沉穩地説。

大家連忙過了馬路，徑直走向那個古董店。「你好。」看見有顧客走進來，坐在櫃枱後的一個店員連忙説，「請隨便看。」

「你好。」博士對那店員笑笑。

這個店的店門不大，裏面倒是不小，有櫃枱也有展架，貨物琳琅滿目。他們一進去就看到距離門口幾米處豎立着一副古代騎士的鎧甲，看上去和幽靈騎士穿的鎧甲幾乎一樣，海倫和本傑明都有些激動，保羅也一樣，他暗暗向那個店員發出一個探測訊號，但沒有任何魔怪反應，保羅不甘心，他向四下發出幾個訊號，不過也沒有收到反應。

博士走到鎧甲那裏，盯着鎧甲仔細看了看，隨即輕輕

地搖搖頭。他沒有說話，海倫和本傑明也不好問，跟着博士向店裏走去，博士一邊走一邊看身邊的那些貨品，他一直沒有說話。

　　古董店裏有很多老舊的瓷器，還有很多家具，博士他們關注的不是這些，他們很快就看完了這一層的貨品，本傑明指指不遠處的一個通道口。

　　「從那裏下去還有一層。」

　　博士點點頭，他也看見了那個通道。他們來到通道口，看見牆上有一塊指示牌，上面寫着「請下樓參觀」的字樣。他們進了通道口，往下走了幾級樓梯，來到古董店的地下展廳，這裏和上面的面積一樣大，同樣有很多櫃枱和展架，一個店員看見來了顧客，很有禮貌地打招呼。

　　博士對店員笑笑，隨後開始在地下展廳參觀，保羅明顯感覺到自己置身於一種古老的氣氛中，但這裏沒有一絲幽靈存在的跡象。

　　「博士。」海倫突然激動起來，「那邊有武器。」

　　只見不遠處的一個展架上擺滿了各式武器，當然這些都是古老的武器，冷兵器居多，也有幾支裝飾考究的古代滑膛槍。大家快步走過去，他們關注的是那些古代的刀劍。博士仔細看看那些刀劍，還用手指彈了彈刀體和劍

身，又搖了搖頭。

不遠處，海倫正在觀察幾個騎士頭盔，那些頭盔比較殘破，年代似乎很久遠，本傑明則對幾副立着的鎧甲產生了興趣，博士也走過去，看看頭盔和鎧甲。

「我們走吧。」博士小聲說。

海倫和本傑明跟着博士出了古董店，向回走去。

「博士，那些鎧甲……」海倫着急地問。

「門口的明顯是近代仿品。」博士說，「樓下那些刀劍倒全是真貨，不過年代跨度很大，還有一些是其他國家的古代武器，大都有殘損，明顯長期無人使用，同幽靈用來和我們交戰的刀劍不一樣，幽靈的那些武器很新，一看就是正在使用的。」

「那些頭盔鎧甲也很舊，一定不是使用狀態。」本傑明連忙說。

「年代和國家也是五花八門。」博士補充道。

「幽靈騎士的盔甲和武器會不會是從這個古董店偷走的？或是買走的呢？」海倫又問。

「不可能。」博士說，「古董店的武器是普通武器，幽靈騎士用的刀劍則異常堅硬鋒利，這是他們向武器注入魔性，長期使用的原因。幽靈騎士的裝備應該就是當年他

們自己的裝備，和古董店裏的無關，他們當年應該是真正的騎士。」

「我在裏面搜索了半天，一點幽靈痕跡都沒有。」保羅説。

他們回到房間裏，沃林正在打電話，看到博士進來，便匆匆掛掉了電話。

「博士，我前幾天向魔法師聯合會駐各地分會發出的情況諮詢有了結果。」沃林略有興奮地説，「圖盧茲分會有個魔法師小時候曾聽説居住的小鎮歷史上出現過一夥幽靈騎士，據説是幾百年前的事了，不過具體時間他也説不上來。」

「那夥幽靈騎士的最終結果呢？」博士連忙問。

「似乎是被魔法師解決了。」沃林説，「他也不確定，因為是小時候聽説的，那時他還不是魔法師，對此不是很在意。」

「圖盧茲？」博士皺着眉。

「是的，在南方。」沃林説，「距離巴黎將近600公里。」

「繼續調查，讓他再仔細想想，最好回去問一下情況。」

93

「好的。」沃林點點頭。

「嗯。」博士説，「剛才的測試情況很好，晚上有了這些檢測儀器，還有魔法師巡邏，幽靈不敢出來害人了。」

「那就好。」沃林説，「一定要把他們找出來。」

「是呀。」博士沉思着什麼，眼睛直直地盯着外面。

外面的街道上，人們依然來來往往，各個店鋪的顧客進進出出，一切都顯得那麼平和。

黑夜很快又降臨了，魔法師們的神經不免緊張起來。通過窗戶向外觀察，海倫和本傑明很容易分辨出幾個來回走動的魔法師，街口售貨機和電話亭裏的魔怪探測儀器靜靜地工作着，一張監視的大網籠罩住勒庫爾布路和阿貝格魯路的交岔口地區。

博士一直坐在桌子後看電腦，還不時地讓保羅給他列印一些資料。海倫和本傑明始終坐在窗戶的沙發上，本傑明已經完全康復了，他倆一直在等待魔怪探測儀發出訊號。

「你們不用這樣緊張。」看到兩個小助手那緊張的模樣，博士笑了笑，「耐心等待，會有結果的。」

快到十一點了，博士叫本傑明和海倫去休息，尤其是

本傑明，身體剛剛復原。兩個小助手有些不甘心，但還是去休息了。

第二天早上，本傑明被斜射進來的陽光喚醒，看來這是一個平靜的夜晚，什麼事情都沒有發生。

這個白天過得很是無聊。沃林中午來過一次，和博士商議了一會就走了。現在除了等待，一切工作似乎都停頓下來。沃林走後，博士帶着保羅下樓轉了轉，他看上去始終是泰然自若的樣子。

夜晚再次來臨，天剛一黑本傑明和海倫就守在窗口，博士無奈地看着他倆，笑了笑，然後去看電視了。這一個晚上又這樣過去了。

第二天一早，本傑明八點就起來了，他舒展着身體，心裏一直想着幽靈騎士的事，他不知道這樣的等待還要多長時間。

本傑明料定這個白天又是無所事事的一天，他吃過早飯就跑到樓下的一間書店買了幾本漫畫書，然後跑回房間看起了漫畫。海倫也拿起一本看起來，博士吃過早餐又帶着保羅上街了。

中午的時候，博士帶了很多外賣回來，他還沒有進門那味道就飄了進來，本傑明和海倫大吃了一頓，這次來巴

黎，給他們印象深刻的除了幽靈騎士就是美食了。

「這布丁的味道真不錯。」本傑明飯後吃了一個布丁，「比倫敦魯爾斯餐廳的太妃布丁還好吃。」

「我覺得也是。」海倫笑着說，「我發現你這幾天越來越胖了。」

「你也一樣。」本傑明回了一句，「不過確實太好吃……」

「那麼回倫敦的時候就帶一些。」博士也笑着說。

「也不知道什麼時候能回去呢。」本傑明馬上說。

「我想可能快回去了……」一直趴在一邊的保羅忽然走了過來，「博士，我接收到了探測儀發來的魔怪反應，已鎖定了一個魔怪訊號源。」

第九章　有魔氣的人

本傑明差點把剛進嘴的布丁吐出來。大家立即站起來，博士搖搖手。

「沉住氣，千萬沉住氣。」

兩個小助手用力點點頭，博士看看保羅，隨後拉開門，保羅第一個衝了出去，大家連忙跟在後面。

保羅出了大樓，很快就來到勒庫爾布路上，他接收到的魔怪反應是路口的自動售貨機裏的探測儀發射出來的。保羅在那台自動售貨機前站住，隨後搖了三下尾巴。

這是一個暗號，博士連忙把保羅抱起來。

「就是這裏的探測儀把探測到的訊號轉到我這裏的。」保羅小聲地説，博士則若無其事地看着四周，「訊號源就在附近，不到二十米，靜止狀態，啊，就在那家餐館裏。」

自動售貨機旁邊十米的地方，是一家餐館，現在正是午餐時間，進入的人不少。博士抱着保羅走到餐館旁，透過玻璃窗，能看到裏面用餐的人。

「那個穿灰色衣服的人是訊號源。」保羅鎖定了一個人，「就是他，身上有魔氣，反應雖然很弱，但的確是從他身上發出來的，我已經給他拍照了。」

博士悄悄地看過去，只見那人有五十多歲，褐色頭髮，相貌平和，身體略微發胖。

那人正在用餐，一副很悠閒的樣子。

「海倫，給沃林打電話。」博士小聲説。

海倫連忙跑到一邊打電話。博士走到路邊，拉開了和那人的距離。

「我看他是人，不是幽靈。」博士壓低聲音説。

「是人。」保羅説，「應該是幽靈的同伴，身上的魔氣是被沾染上的。」

「牢牢鎖定他。」博士下令。

「是。」保羅立即答道。

那人繼續用餐，沒有發現自己被監視。不一會，沃林趕了過來，同來的還有兩名帶着魔怪探測儀的魔法師。

博士把情況簡單地告訴了沃林，並且不露聲色地把那人指給沃林。這時那人已吃完飯，向餐館門口走來。

「我們先跟上，你們跟在我們後面。」博士連忙背對那人，對沃林説道，「保持距離。」

那人出了餐館向東走去，博士和幾個小助手連忙跟上，他們準備和沃林一起採用接力跟蹤的方式，不過那人走了兩百多米，轉身進了一所大房子。

博士他們走過那所大房子的門口，又向前走了二十多米後站住。博士稍微有些吃驚，那所大房子就是那天有人搬箱子出來的房子，對面就是龐坦古舊貨商店。這是一

所三層樓高的建築，門口有一塊長方形的石條，上面寫着「塞爾美術館」幾個字，這裏的門牌號是勒庫爾布路515號。

「那人上了三樓。」保羅完全鎖定了那個人，「應該是進了一間房間，現在是靜止狀態。」

這時，沃林帶人走了過來，博士用眼神示意那人進了身旁的房子。沃林轉身過了馬路，然後進了一家咖啡館。

博士讓海倫和本傑明留在原地，一分鐘後，他過馬路進了那家咖啡館，坐到沃林對面座位上。

「給警方打電話。」博士一字一句地說，「查他。」

塞爾美術館被魔法師們完全監控起來，十名魔法師很快出現在這家美術館的前後左右，他們每人都有一張保羅給那人拍的照片，同時他們每人手持一台魔怪探測器，都鎖定了美術館裏身上有魔氣的人。

博士帶着小助手先回到了自己的房間，現在他們要等待警方調查那個有魔氣的人的結果。

一回到房間，博士就把幾天前標注了街道店舖名字的那張街道圖拿出來攤在桌子上，他用一支紅色鉛筆把塞爾美術館圈住。

「獨立的房子，一共三層。」博士指着那張圖說，

「旁邊是兩所民居，對面全是民居……」

「他跑不了啦。」本傑明一直處於興奮狀態，「一定是這傢伙把幽靈隱藏起來的。」

「現在還不能下這個結論。」博士搖搖頭，「看起來他就在這家美術館工作，剛才應該是去吃午飯的。奇怪的是我們以前經過這裏的時候用儀器探測過，當時怎麼就沒有測出來呢？」

「也許他出差了，今天剛回來。」本傑明推斷道。

「嗯。」博士盯着那張圖，像是在自言自語，「該出來總會出來的。」

傍晚的時候，沃林拿着一份資料急匆匆地走進博士的房間，警方對塞爾美術館那個人的調查出來了，那人不是別人，正是塞爾美術館的館長蒙尼斯。

「根據資料顯示，塞爾美術館是一家私人美術館，主要收藏和展出古代藝術作品，在法國小有名氣。」沃林介紹道，「美術館隸屬塞爾國際貿易公司，蒙尼斯曾在一家拍賣行工作過，九年前擔任這家美術館的館長。」

「報告上說蒙尼斯是一個為人正直的人，美術館也是一家正常運作的機構。」博士看着那份資料，「他前些天去過一次圖盧茲，從那裏買回來一批油畫作品……圖盧

茲……」

「對，警方對他最近的行蹤也做了調查。」沃林說，「他前些天去了圖盧茲。」

「你們那個魔法師……」博士想了想，「他回憶說圖盧茲曾發現過一夥幽靈騎士。」

「嗯，不過那是好幾百年前的事了。」沃林說，「好像沒什麼聯繫，美術館的館長外出採購藝術品很正常，碰巧去了圖盧茲。」

「可能是巧合。」博士緩緩地說。

「對了，美術館的經費來源警方也有調查。」沃林說，「基本來自藝術品買賣，還有塞爾國際貿易公司的資助以及一些個人捐助，他可能經常外出買賣藝術品。」

「聽上去都正常，那他身上怎麼會有魔氣呢？」本傑明說，「而且正好在這個時期。」

「報告上說這個館長品行良好。」海倫接過那份報告，看了看，「以前也沒有任何和魔怪事件有關的經歷，要真是這樣，那他隱藏得很深呀。」

「你認為他和魔怪有勾結？」博士問海倫。

「是的。」

「我看不用這麼囉嗦了。」本傑明揮揮拳頭，「馬上

把他抓來，問一問就清楚了。」

「不行。」博士馬上搖搖手，「萬一驚動了幽靈，又會前功盡棄的……」

「那怎麼辦？」本傑明問。

「我剛才看了美術館的開放時間，現在美術館閉館了。」博士看着資料上蒙尼斯的照片，「明天我親自去見見他。」

「你要去見他？」大家一起看着博士，本傑明連忙問。

「對。」博士堅定地説，「究竟是怎麼樣的情況，要親自去看看，即使要抓捕他，也不能現在去。你們都知道，黑夜裏幽靈魔力最強，如果他那裏真的隱藏着幽靈，我們應該白天動手。」

「好的。」本傑明激動地揮舞着拳頭。

「明天一早我就去。」博士環視着大家，隨即擠擠眼睛，「還要準備些小道具……」

第十章　塞爾美術館

第二天一早，塞爾美術館於九點半正常開館。開館後，美術館陸續走進幾個觀眾，塞爾美術館是一家免費參觀的美術館，這段時期正在舉辦一個老畫家的回顧展。

由於剛剛開館，裏面的參觀者不多，其實這些參觀者基本上都是魔法師。海倫和本傑明一進館就開始用幽靈雷達搜索，美術館一共三層，每一層都要搜索一遍，不用進入每個房間，幽靈雷達的探測距離完全能夠覆蓋每個層面。

九點四十五分，一個身材不高的黑髮中年男子快步走進美術館，他進館後沒有急着上樓，而是拿了一份美術館自印的簡介，從簡介上看，美術館的三層都有展廳，一層在舉辦畫家的回顧展，二樓和三樓是館藏作品展廳。

塞爾美術館的一樓正中是中廳，兩側各有一個被中廳隔開的展廳。中廳正面的牆上懸掛着一副肖像畫，這幅畫被玻璃罩着，黑髮男子認出那是倫勃朗的作品，一個穿夾克的男子正在欣賞這幅畫，黑髮男子走了過去，端詳着倫

勃朗的作品。

「目前沒有發現魔怪反應。」穿夾克的男子小聲說，「都是我們的人，已經控制這裏了。」

「那我上去了。」黑髮男子點點頭。

穿夾克的男子是沃林，黑髮男子是南森博士。由於博士名氣大，頻繁上鏡，怕被蒙尼斯認出來，所以改變了外形。美術館從裏到外全部被魔法師控制了，裏面有十幾個魔法師，外面有二十多個魔法師，保羅也守在外面。一旦發現幽靈，他們插翅難逃。

博士沉穩地轉身，走向服務台。

「請問館長辦公室在哪裏？我找他有些事情。」

「三樓，上樓梯一直走，有名牌的。」美術館工作人員說。

「謝謝。」

博士說完走向樓梯。在二樓的轉角，他遇到了一個人，那人對博士微微點點頭，他是沃林的下屬，博士見過，沃林的確完全控制了這裏。

上到三樓後，博士一直向前走，他進入了一個比較寬敞的辦公走廊，走廊兩側都是房間，他看到一扇門上寫着「館長室」幾個字，於是站在門前，輕輕敲敲門。

「請進。」裏面傳來一個聲音。

博士推門進去，昨天那個用餐的人坐在一張辦公桌後，看見博士進來，站了起來。

「你是蒙尼斯先生？」博士伸出了手，「你好，我是貝克，我從倫敦來……」

說着，博士遞上一張名片，這就是他說的「小道具」。

「倫敦貝克文化藝術諮詢公司。」蒙尼斯唸著名片上的字，隨後看看博士，「那麼貝克先生，有什麼可以幫助你的？」

「啊，是這樣的，我們公司代理了一位畫家，非常想打開他在法國的市場，我想在貴館為他舉辦一個畫展……」博士畢恭畢敬地說。

「畫家？」蒙尼斯問，「他叫什麼名字？」

「他叫……本傑明。」博士說，「倫敦畫壇的後起之秀。」

「本傑明？倫敦畫壇？」蒙尼斯皺起眉頭，「沒聽說過呀。」

「他的名氣正在慢慢擴大。」博士微笑着，「如果貴館能有展廳出借，本公司想馬上預訂……」

「展廳和檔期倒是有……」蒙尼斯似乎有些為難，「但是我要看看他的作品，本館不是隨便哪個畫家都可以……」

「啊，我明白。」博士連忙說，「你們是知名的美術機構，一樓那張倫勃朗的作品我也看到了。」

「是嗎？」蒙尼斯有些得意，「本館的鎮館之寶。」

「嗯。」博士笑着說，「只要有展廳和檔期就好……

啊，我這次來是先問問你這裏有沒有展廳，下午我會把本傑明先生的作品拿來給你看看，都是原作，尺寸不大……」

「照片也可以。」蒙尼斯説，隨後把自己的名片遞給博士，「你可以隨時聯繫我。」

「好的，非常感謝。」博士接過名片，很有禮貌地説。

博士出了蒙尼斯的辦公室，向外走去，剛剛來到三樓的中廳位置，身邊閃過來兩個人，這是兩名魔法師，博士一進去他們就守在辦公室附近，以防博士被裏面的人突襲。

博士不露聲色地點點頭，示意沒事。一個魔法師靠近博士。

「海倫在二樓左側展廳等你。」那個魔法師低着頭小聲説，説完若無其事地走開了。

博士向二樓走去。那兩個魔法師沒有跟上，而是繼續守在三樓。到了二樓，博士走進左側展廳，偌大的展廳裏只有海倫和本傑明。博士沒有走近他倆，而是站在一幅畫面前，假裝欣賞藝術品。

海倫見到博士，慢慢地靠過來，本傑明則警惕地守在

展廳門口。

「什麼都沒有發現，三層都找過了。」海倫看着面前的油畫作品，嘴裏小聲地説，「幽靈騎士應該不在這個美術館裏。」

「不，他們都在這裏。」博士説道，他也看着面前的畫，那畫上有一個騎着馬的古代騎士，樣子很神氣。

「啊？」海倫一驚，差點喊出聲。

「給沃林打電話，到我的房間匯合。」博士小聲叮囑道，「其餘的人留在這裏。」

博士説完又看了看畫上的騎士，然後胸有成竹地走向門口，本傑明連忙跟在他後面，和博士保持一段距離，他倆先後走出了美術館大門。

十分鐘後，海倫、本傑明、保羅和沃林全都聚集在阿貝格魯路博士的房間裏，他們都有些激動，不知道博士見了蒙尼斯後到底有了什麼發現。

「那個蒙尼斯看上去沒有什麼特別之處。」博士已經恢復了自己的原貌，看到大家那期待的目光，他説，「他身上還有魔氣，但我發現比昨天淡多了。」

「昨晚他沒有和魔怪見面，我們的人一直盯着他，他六點回到家，一直沒有出門，家裏也沒有魔怪反應。」沃林説，「這樣他身上的魔氣會越來越淡。」

「應該是這樣的。」博士説，「現在還不能完全排除他的嫌疑，繼續盯着他。我們準備一下，去抓幽靈騎士……」

「你知道幽靈騎士在哪裏了？怎麼知道的？」本傑明一把拉住博士，激動地問。

「沒有直接證據，全是推論。」博士笑了笑，「我是

這樣分析的，首先，蒙尼斯最近去了圖盧茲，而圖盧茲正好出現過幽靈騎士，蒙尼斯買回一批藝術品後，巴黎也出現了幽靈騎士，他身上也發現有魔氣，這裏面會不會有什麼聯繫呢？」

沃林他們互相看了看，都沒有說話，他們一時還反應不過來，不過經過博士這樣一說，他們似乎覺得這裏面確實有着某種聯繫。

「塞爾美術館是一家主要收藏展出古代藝術品的機構，我剛才也看到了，美術館二、三樓的展廳裏掛着的畫都是古典主義繪畫。」博士繼續說，「從蒙尼斯辦公室出來，我也無法將這些事聯繫起來，不過在二樓展廳，我和海倫說話的時候面對一張古代騎士的畫作，突然全明白了……」

「你說那張畫？」海倫眨眨眼，「我還是不明白……是蒙尼斯把幽靈騎士帶到了巴黎？那他身上一定會有強烈的魔氣，他和那麼多幽靈接觸，魔氣幾個月都消散不了，可他身上魔氣很弱呀，再說他怎麼把那麼多幽靈帶到巴黎藏起來呢？用儀器都找不到。」

「所以說他有可能是被動的、不知情的。」博士說，「至於幽靈為什麼找不到，有一種可能，那就是幽靈根本

就是依附在畫作上，而且是專門依附在有畫騎士的作品上，平常就和畫一樣，完全融合在一起，任何儀器都測不出來。他們要外出就從畫上下來，也就是說他們根本就是一羣畫中幽靈！」

聽完博士的推斷，大家都被驚呆了，一時間氣氛十分緊張。

「這……這可能嗎？」過了足有半分鐘，本傑明才吐出一句話。

「完全有可能。」博士認真地說，「為了不被魔法師發現，幽靈會採用各種手法隱身，他們摸索出來的手段我們不可能全部掌握，幽靈能依附到動植物的身上，隱去魔性後很難被發現，那麼為什麼不能依附在畫作上呢？」

「確實有可能。」沃林恍然大悟，「這也就能解釋為什麼他們總往勒庫爾布路交岔口那裏跑了，美術館離交岔口也就二百多米，他們在那裏先隱身並隱去魔性，儘管此時移動慢，但兩分鐘內也足以進入美術館並依附在畫作上，我們當然找不到他們了！」

「那我們去抓幽靈。」海倫急着說，「是不是依附在二樓和三樓那些有騎士的畫作上？我看到過好幾張這樣的畫作……」

112

「不在那裏，在地下。」博士打開了標有美術館的街道圖，他手指着美術館，「地下還有一層。」

「地下還有一層？」沃林問，「你怎麼知道？」

「我們去過對面的古董店。」博士的手指在圖紙上滑向美術館對面的古董店，「那裏有地下一層，而這兩座建築差不多，應該都有地下一層，我剛才出美術館看到古董店時想到這一點的，而且你們也去了美術館，三個樓層全是展廳，那大量的收藏品放在哪裏？一定還有一層專門放藏品的。」

「對呀。」沃林説着拿出電話，「我讓留守的魔法師用透視眼看一下……」

「不用，我回來的時候已經看了，地下有一層。」博士笑着説，「只有一層。」

「啊？」沃林也笑了，博士做事真是周密。

「一定在地下！」保羅想到什麼，「幽靈怕見光，所以藏在地下。」

「這是一個方面。」博士看看保羅，「他們極有可能是依附在圖盧茲的那批畫作中來到巴黎的，新買來的畫作沒有那麼快就掛上牆展示，所以他們還是隱身在那批畫作上，而這些畫作一定被安放在地下一層。」

「博士，你説得太對了。」本傑明把拳頭緊緊地握着，準備大幹一場，「我們現在就去把幽靈揪出來，現在是白天，他們不敢出來，陽光能殺死他們！」

「沒錯。」博士用力點點頭。

「那怎麼找到他們呢？」海倫説，「用顯形粉？」

「沒錯！」博士又點點頭，「再怎麼隱藏，顯形粉也能叫他們暴露無遺。」

「我馬上去安排一下。」沃林一臉興奮，「博士，你要帶多少人進去？」

「不用太多，我們幾個先隱身進去，一旦交戰再叫他們進來。」博士沉穩地説，「對了，先叫館裏面的魔法師出來，外面的人換進去，不能讓那些魔法師長時間在裏面，免得被懷疑。」

「好的。」沃林説着拿出手機。

沃林打了幾個電話，隨後收起了手機。

「全都布置好了。」

「我們走。」博士説。

第十一章　藏品庫擒魔

很快，他們就來到了塞爾美術館，大家轉進美術館旁的一條小巷裏，幾個魔法師一起跟了進來。

小巷裏沒有行人，博士一行走到牆邊，用透視眼看到了美術館的地下一層，幾個魔法師走過來用身體遮擋住他們。

「用透視眼看着下面，一旦打起來就進來幫忙。」沃林小聲對那幾個魔法師說。

幾個魔法師都點點頭。沃林和博士他們對視一下，相互點點頭。

「擋不住我的心也擋不住我的形。」博士他們一起唸出穿牆術口訣。

到了地下一層，他們先在地面站穩，博士拋出一枚很小的亮光球之後，看到了燈的開關，走過去打開開關。

天花板上的燈都亮了，頓時如白晝一般。這裏的空間非常大，完全沒有阻隔，像是一個地下停車場，這裏有很多架子，架子上插進很多大大小小的繪畫作品。

博士掏出裝顯形粉的瓶子，隨後把顯形粉往空中一揚，藏品庫在幾秒鐘內就充滿了懸浮着的顯形粉，任何角落都有。

大家都有些緊張，那些畫作全是插進架子裏擺放的，不抽出來是看不到畫面的。

「分頭找一找。」博士對大家説，「儘量不要擦碰藝術品。」

藏品庫的架子一共有四大排，他們四個人一人走到一排架子前。

「噓——」，本傑明小心地把一幅畫從架子上拉出來，這是一幅風景畫，本傑明把畫推了進去。那邊，沃林也拉出來一幅畫，畫面上是一個戴帽子的老人，沃林也把畫推了回去。

海倫走到第四排架子前，正要拉出一幅畫作，突然，她看到架子上貼着一張紙條。

「博士——」海倫急忙喊道。

大家連忙都走了過來，海倫用微微顫抖的手指着那張紙條，只見那張紙條上寫着「圖盧茲購入作品，二十一幅」幾個字。

博士馬上做了一個散開的動作，大家都往後退了兩

步，眼睛緊緊地盯着那個架子。博士小心地抓住一個最大的畫框，隨後用力一拉，那幅畫被拉出來大半截。

「啊——」海倫看見那幅畫，不禁驚叫一聲。

只見那幅畫上有幾個騎着馬的騎士，他們是立體的，像是人們看的3D電影一樣，那些騎士還戴着頭盔，看見自己被拉了出來，轉頭看着大家。

大家全都呆住了，忽然，畫上有個騎士抽出寶劍，只見寶劍飛快地從畫中刺了出來，直指博士的咽喉，博士連忙閃身，劍刺空了。那騎士不依不饒，他飛身下馬，從畫裏飛了出來。這傢伙飛出來後，畫面上的騎士樣子沒變，只是不再是立體的了，也不動了，不過馬還是立體的，而且還在微微動着。

聽到打鬥聲，其他幾個幽靈騎士全都「噼噼啪啪」地從畫作中飛了出來，

117

還有些架子上其他畫作中的騎士也飛了出來，他們知道藏不下去了。

　　飛身而出的幽靈騎士手持刀劍，身披鎧甲，由於屋裏有燈光，這些傢伙身體發出的螢光被燈光蓋過。幽靈騎士立即包圍了博士等人，大家對峙着。就在這時，牆外面忽然飛進來近二十個魔法師，這些魔法師又包圍了那些幽靈。

「你們跑不了啦！束手就擒吧！」沃林喊道，「現在是白天，陽光充足，你們逃出去只能死。」

　　「呀──」一個幽靈騎士揮刀就向沃林砍去，沃林一閃身，躲了過去，他飛起一腳，當即踢在那傢伙的腰部，幽靈騎士差點被踢倒。

　　「殺──」看見同伴動手了，其餘的幽靈騎士舞動刀

劍殺向魔法師，魔法師們立即開始迎擊。

美術館的藏品庫頓時成了戰場，幽靈騎士和魔法師們打成一團，金屬撞擊聲響成一片。

博士面對一個持劍的幽靈騎士，他唸了句口訣將自己的手臂變得如鋼鐵般堅硬，迎擊劍刺的時候火花飛濺。那個幽靈騎士顯然用盡氣力，劍劍都刺向博士的要害，不過打了幾個回合，這傢伙明顯不是對手，他邊打邊退，被博士逼到了角落裏。

「嗨——」博士一拳砸去，幽靈連忙低頭，拳頭砸在牆壁上，當即把牆壁砸出一個破洞。

幽靈俯身一劍刺向博士的腹部，博士另一隻手猛地一揮，當場砸在幽靈的手臂上，幽靈怪叫一聲，劍被砸在地上。還沒有等他反應過來，博士飛起一腳，正好踢在他的頭部，這傢伙頓時翻倒在地，頭盔飛了出去，露出一個披散着頭髮的腦袋，幽靈倒地後大口喘着粗氣，隨後腦袋一歪，不再喘氣了。

「嗨——嗨——」，博士身邊，海倫和本傑明圍着一個幽靈展開攻擊，博士剛想上去幫忙，只見本傑明一拳砸在幽靈的後背上，當即把他砸倒，海倫飛起一腳踢在倒地的幽靈的腰部，那傢伙身體橫着飛了出去，重重地撞在牆上。

「啊——啊——」幽靈吼叫着，身體不能動彈，手爪朝向海倫，抓了幾下，隨後趴在地上，一動不動了。

幽靈雖然很兇悍，但是魔法師在數量上壓過他們一倍，幾乎是兩個魔法師攻擊一個幽靈，很快，大部分的幽靈就被打翻在地。

藏品庫西側的牆角，六七個魔法師把兩個異常兇悍的幽靈騎士逼到牆角，兩個幽靈拚死頑抗，沃林一揮手，甩出幾枚亮光球直射向那兩個傢伙，幽靈揮舞着寶劍將亮光球擋開。

「不要再負隅頑抗了！」沃林非常生氣，這兩個傢伙應該明白，抵抗是沒有用的了。

「呼——呼——」保羅跟在沃林身後，他弓着腰，嘴裏發出低吼聲，他很想用導彈攻擊，但是看起來沒有這個必要，魔法師們有絕對的優勢。

「啊——」兩個幽靈怪叫着，舞着劍砍向魔法師。

「呼——呼——」，一排亮光球射向他們，他倆慌忙後退，揮劍擋開了亮光球的進攻。

博士不想和這些傢伙糾纏下去了，他一揮手，向空中拋出一個極為耀眼的亮光球，本傑明和海倫看見博士的動作，頓時明白了什麼，他倆也拋出兩枚亮光球。

　　房間裏頓時強光四射，沃林和另外幾個魔法師也紛紛拋出亮光球，房間裏的光更加強烈了，魔法師們都睜不開眼睛。

　　「啊——啊——」那兩個幽靈扔掉了手裏的武器，雙手捂着眼睛，縮在牆角，嘴裏發出痛苦的喊聲。

　　「嗨——」沃林衝上去，飛起一腳先踢翻一個幽靈，隨後一掌擊倒另外一個。

　　藏品庫的東側，三名魔法師將最後一個頑抗的幽靈打倒在地，戰鬥結束了。

　　拋出亮光球的魔法師紛紛收回了亮光球，房間裏恢復到了正常的燈光照射狀態。只見整個藏品庫一片混亂，很多畫作翻倒出架子。十幾個幽靈全都倒在地上，除了三四個還在抽動，其餘的一動不動。

　　正在這時，房間的門被推開了，只見蒙尼斯和一羣警員衝了進來，看到這幅景象，蒙尼斯驚呆了，他的嘴巴張得能直接吞下一個蘋果。剛才美術館保安室的警報響起，是藏品庫發出了警報，他們連忙查看閉路電視，發現裏面打成一團，於是連忙報警。

　　「你去和他們解釋。」博士看看沃林，聳聳肩。

　　沃林走了過去，和警方人員交談起來，警方其實是知

道這次行動的，聽了沃林的解釋，警員便帶着蒙尼斯先行離開。

「把那個還在動的傢伙帶過來。」博士說着，找了一把椅子坐下，大家知道他要審訊幽靈了。

兩個魔法師把一個還有知覺的幽靈架起來抓到博士面前，這個幽靈的頭盔已經被打掉了，披頭散髮地癱倒在博士面前。過了不到半分鐘，他慢慢抬起身子，完全沒有了囂張的氣燄。

「你們從哪裏來的？」博士問，「圖盧茲？」

那個幽靈渾身一抖，他不知道面前這個魔法師怎麼會知道這些，不過想到魔法師能把他們找出來，一定是掌握了他們不少情況，於是有氣無力地點點頭。

「蒙尼斯把你們帶來的？」博士連忙問，他要先弄清楚蒙尼斯是否和這件事有關。

幽靈搖搖頭，沒有說話。本傑明上去就是一腳。

「問你話呢，快說。」

「不是，他買畫，不知道我們在畫上。」幽靈連忙說。

「嗯。」博士稍微放鬆了一些，他也有些緊張，不希望人類參與到這種魔怪案件中。

幽靈用手爪稍稍整理了一下頭髮，他的眼睛一直看着地面，不敢抬頭。

「你叫什麼名字？」博士問。

「貝尼。」

「那好吧，貝尼。」博士的語氣緩和了一些，「先從你們怎麼變成幽靈開始說吧。」

「我們守衛城堡，敵方說我們只要投降，就不殺我們。」幽靈貝尼說着突然有了怨氣，他的語氣變得非常憤怒，「可投降後我們還是被全部殺死，然後和戰死的馬匹一起匆匆埋了。」

「明白了，你們怨恨未消，變成了怨靈。」博士說，「時間呢？或者說當時的國王是⋯⋯」

「路易十一世。」幽靈連忙說。

「是那種莊園主之間的戰鬥嗎？」

「是的。」

「我們的判斷沒錯，他們是十五世紀由於戰爭原因死去的騎士。」博士看看大家，「當時的莊園主們為了各自利益經常互相征伐，這樣的征戰造成了大量的人員傷亡。」

大家都靜靜地聽着博士的話，同時被博士淵博的歷史

126

知識所折服。

　　「你們一共有多少同伴？」博士指指地上躺着的那些幽靈，「是一起變成幽靈的還是變成幽靈後湊在一起的？」

　　「被埋的一共有二十多個騎士和十幾匹戰馬。」貝尼說，「有十五個騎士變成了幽靈，九匹戰馬變成了幽靈馬，這一共用了不到十年的時間，我們當時一直在一起，開始時是氣團，後來有了形狀。自從能走動後，我們找到了鎧甲和武器，重新裝備起來，騎着幽靈馬，成了幽靈騎士……」

第十二章　斷腿男爵

貝尼開始了詳細的講述。他們成了幽靈騎士以後，就開始在圖盧茲附近開始作惡，害了不少人，當地人連忙請來一個叫布內的魔法師，魔法師很輕鬆地制服了這些魔力還不是很大的幽靈騎士。

「有一點真是難以置信。」貝尼緩了緩，隨後慢慢地說，「這個叫布內的魔法師曾經也是一名騎士，而且和我們還是同一聯盟的，那場戰鬥後我們死了，變成了幽靈，他活了下來，不當騎士而是跟從了一名魔法師，最後也變成了魔法師……」

魔法師布內面對這樣一羣昔日的盟友，不忍毀滅他們，於是把這些傢伙關進自己在圖盧茲遠郊莊園的地下室。布內將一道咒語刻在一塊銀片上，只要銀片在，這些幽靈就只能在布內莊園以及莊園旁的樹林裏活動，而且根本無法靠近人類，更無法靠近那塊銀片。布內把銀片放在莊園的一個閣樓上，幽靈們知道那裏有禁錮他們的銀片咒語，也想過毀掉銀片，但是每次距離銀片十米時，他們渾

身就像要炸開一樣，只能連忙離開。

由於有咒語的管制，這夥幽靈一直比較平靜地在莊園裏生活，他們不能害人，不能靠近銀片，但是能在樹林裏捕捉小動物，喝牠們的血，這樣幽靈的魔力同樣能慢慢增長。

時間一下就過去了三百年，布內早就死了，莊園也敗落下去；最後，布內的後代全都搬去圖盧茲居住了，莊園裏只有這夥幽靈。

一天，幾個無所事事的幽靈遊蕩到一個大房間，前些天布內的後人把一批購進的油畫放進這裏，他們把祖傳的莊園當成儲藏室。一個幽靈看到一幅畫上畫着個很威風的騎士，不禁想起自己的當年，他縱身躍上畫作，將身形隱匿在畫中，讓大家看自己是否威風，他的同伴當即發現附在畫上的幽靈魔怪反應大減，他們如法炮製，全都達到一樣的效果。

幽靈們對此興趣大增，他們叫來所有同伴，飛上畫面後練習完全隱身術，不但身體合一，而且要讓魔性完全消失，這些傢伙儘管被禁錮無法外出作案，但把自己隱身是幽靈的天性，經過幾十年的練習，他們躍上畫面後居然魔怪反應全無，幽靈馬也做到了這一點。幽靈們也發現，他

們只能和有騎士畫像的畫作合體，依附到別的畫像上無法合體，更不能隱去魔怪反應。

幽靈們練成了這個本領，一直盼望着能出去，這樣在外面作案後逃回莊園依附在畫上，魔法師就無法發現他們了。不過也只能是想想，因為他們根本就出不去。

在莊園裏禁錮了五百多年，一件突發事件打破了原本的平靜。布內的後人現在經營一家金融公司，由於經營不善瀕臨破產，他的後人想起了老祖宗的遺產——布內莊園和莊園裏的古董古畫。一個多月前，他們來到莊園開始清點那些值錢的東西，由於這裏沒有鋪設電線，晚上的時候他們點蠟燭清點遺產，一支蠟燭不慎被碰倒，引起了大火，還好消防車及時趕到，大火被撲滅，只有幾個房間被燒，其中就包括放着刻有咒語銀片的閣樓，銀片基本被燒熔，幽靈們的禁錮頓時被解除了。

貝尼毫無保留地將情況説了出來，隨後緩了口氣，又沉默了。

「你們被解除了禁錮，有沒有在圖盧茲作案？」沃林站在博士身邊，問道。

「我們確實想過，也外出了。」貝尼説，「但是外面到處是鐵車，啊，就是汽車，我們鑽到了居民家，看到鐵

盒子裏有人在説話，還以為是魔法師在裏面呢，全都嚇回了莊園，現在我們知道，那叫電視。」

聽到這裏，大家都笑了。幾百年被關在一個連電燈都沒有的莊園裏，難怪他們什麼都不知道。

「那你們怎麼到巴黎的？」沃林繼續問。

「莊園失火後稍微整修了一下，布內的後人繼續清點遺產。」貝尼説。

「你們可以靠近人類了，沒有傷害清點畫的人？」海倫又問。

「不敢，我們覺得人類能製造電視機，一定都會魔法，哪裏敢碰他們呀。」貝尼説，「後來聽他們説要把我們拍賣，我們也只能聽着，接着就是拍賣，巴黎來的蒙尼斯買了我們藏身的那些畫，用大鐵車……啊，是大貨車運到巴黎，我們也就來了，我們不能離開那些畫，我們當然也可以隱身到圖盧茲當地美術館的畫作上，但是要完全隱去魔怪反應還需要有幾十年的時間。」

「你們到了巴黎怎麼就不害怕汽車和電視了？」海倫嚴厲地問。

「人類每家都有電視，鐵車也滿街都是，慢慢的我們覺得這沒什麼，也就不害怕了。」

「所以你們就外出作案了。」海倫好奇地說，「可這就更奇怪了，你們好像沒有害人，而先去找大鼠仙的麻煩。」

「哼！」貝尼冷笑了起來，「你們看看地上一共有幾個幽靈，加上我⋯⋯」

大家都感到很吃驚，於是連忙清點數量，加上貝尼，一共十四個幽靈。博士想起來，那天追擊幽靈的時候，也是十四個。

「還有一個呢？」博士有些緊張了，要是有一個漏網，麻煩還是很大的。

「也在這個房間裏。」貝尼說，他看看沃林，「你去把圖盧茲那批畫中最大的那幅拿過來。」

沃林不知道這是為什麼，但是他也沒多問，和本傑明一起走過去，從木架上找到了那副最大的畫，搬了過來。

「博士，你們看——」本傑明還沒走過來，聲音先傳了過來。

只見那幅畫上，一個沒戴頭盔，留着小鬍子的騎士也呈現出立體效果，好像活的一樣，不過這幅畫上騎士的腿部明顯有個破洞，那裏的畫布被戳破了。

「工人搬運畫作進這個房間的時候不小心，這幅畫倒了，砸在一幅小畫上，小畫的畫框尖戳破了畫布。」貝尼指着破洞説，「依附在畫布上確實能隱身，但也有副作用，我們這時也是最脆弱的，他的腿這樣一戳，就算是斷了，如果從畫上下來，那麼下來後腿也是斷的，他根本不敢下來……」

「噢，我明白了。」本傑明恍然大悟，「所以你們要找千年鵝掌草，配製銜接肢體的魔藥。」

「就是這樣。」貝尼點點頭，「蒙尼斯和手下説畫戳成這樣修復起來很難，修復也很花時間，所以我們就去找大鼠仙了……」

「你們怎麼找到他們的？」本傑明馬上問。

「很好找，我們鑽到地下，抓到一個大鼠仙，一問就知道巴黎這裏大鼠仙的分布了。」

「你們倒還是很關心同伴呀。」本傑明略帶嘲諷地説，「急着把同伴的腿接上。」

「沒辦法。」貝尼説，「他是男爵，我們的首領。」

「啊？」本傑明一驚，他看看那幅畫，「他是你們的首領？」

畫上的男爵完全聽到了大家的話，他似乎一臉無辜地

看着大家，表情很痛苦。

「情況應該是清楚了。」博士點點頭，「這些傢伙去找大鼠仙，被我們追殺後毫無顧忌地逃向市區，因為他們只要隱身到畫作裏，誰都找不到。」

「是這樣吧？」本傑明踢了踢貝尼。

「是的。」貝尼説，「不管怎麼追我們，我們只要到了這個路口後先隱身並隱去魔怪反應，穿牆進入這裏就可以了，隱去魔怪反應會消耗魔力，但是我們只要跳到畫上就自動隱去魔怪反應了，不耗魔力的。」

「所以當時怎麼找也找不到呀。」博士苦笑着搖搖頭，他忽然想起了什麼，「那天你們在索鎮公園裏偷襲了我們的一個魔法師，是嗎？」

「嗯。」貝尼説，「我們怕有埋伏，就先派三個同伴去大鼠仙那裏，其餘的遠遠地跟着，聽到打鬥聲後也沒有貿然撲上去，我們悄悄移向你們，在樹叢裏發現了魔法師，趁他不備把他打倒了。」

「很厲害嘛。」博士冷笑道。

「你們更厲害，射過來的導彈炸傷了我們好幾個，回去用魔法療傷才治好。」貝尼説。

保羅聽到這話，得意洋洋。

「所有的事聽上去都和蒙尼斯沒有關係，他好像是在不知情的情況下把畫買來的。」沃林似乎還是不太放心，「可為什麼蒙尼斯身上有魔氣呢？他不和你們接觸，哪來的魔氣？」

「他身上有魔氣？」貝尼似乎有些驚訝。

「對，不過不大。」沃林説。

「噢，我明白了。」貝尼想到了什麼，他先看看那些躺着的同伴，隨後指着一個一動不動的幽靈，「都是波韋這個傢伙做的。在圖盧茲被電視嚇回莊園後男爵很謹慎，不讓我們外出作案。到了巴黎後男爵斷了腿，在畫上是無法説話的，更不能下來管我們，我們商量先把男爵的腿接上了再作案，波韋表面上答應了，可心口不一，前幾天他溜到外面差點吸了一個女人的血，還好被我一把拉回來。我看他出去就知道他忍不住了，就跟上了他，本來我們就被追捕，男爵的腿也沒有接上，他再弄些事出來……」

「是穆蘭女士的那件事。」沃林打斷了貝尼的話，他看着大家，「那晚穆蘭遇到的幽靈看來就是波韋，而且他不是看到我們的魔法師趕來走掉的，是被同伴拉走的……對了，那天波韋出來害人沒有穿鎧甲吧？」

「沒有，集體行動我們才穿鎧甲。」貝尼説，「這樣

136

比較有氣勢，我們活着的時候也是這樣的。」又一件事情真相大白，沃林示意貝尼繼續説。

「我把波韋拉回來，把他罵了一頓，他這樣做會害了大家的。」貝尼説，「他保證男爵傷癒前不作怪了。不過那天蒙尼斯進來查看畫作，波韋飛出來圍着蒙尼斯轉了幾圈，那樣子很貪婪，蒙尼斯以前進來過，還有別的工作人員，大家都忍着沒有下手，波韋也一樣，這次似乎又忍不住了，還好，他最終沒有動手，他應該知道這時候殺害蒙尼斯的後果，我想就是這時候蒙尼斯被傳上魔氣的。」

沃林和博士對視一下，都點點頭，貝尼的這個解釋看來很真切，蒙尼斯的確沒有參與到這件事中。波韋沒有害蒙尼斯，但傳給他魔氣，最終成了破案的關鍵。

一切問題都有了答案，博士把幽靈全部收進裝魔瓶，包括他們的斷腿首領和那些幽靈馬。

「這裏可怎麼辦呀？」沃林看着藏品庫狼藉的景象，「把這裏砸成這樣，損壞了很多藝術品呢。」

「總比讓一夥幽靈在這裏藏身要好得多。」博士苦笑起來，「蒙尼斯先生是會理解的。」

尾聲

二天後的倫敦，魔幻偵探所裏充滿了陽光，本傑明拿着畫筆，得意地站在畫架前給保羅畫像，保羅此時正趴在地上聚精會神地看漫畫書。

門鈴響了，本傑明連忙去開門。博士和海倫去超級市場採購回來了，本傑明連忙幫他們把購物袋放到桌子上。

「博士，海倫，來看我的大作，今後一定能被美術館收藏的。」本傑明興奮地把博士和海倫拉到畫架前，「我畫的是……」

「哇，本傑明，真看不出呢。」博士誇讚道，「你畫得還真像兔子呀。」

「什麼？」本傑明差點跳起來，「我……」

「怎麼是兔子？」海倫說道，「明明是松鼠……」

「海倫，這是……」

「喂，你們在看什麼？」保羅聽到大家的對話走了過來，「哇，本傑明，你畫的河狸真像呢……」

「不是，我畫的是你，是保羅。」本傑明大叫起來。

「啊？」保羅瞪大了眼睛，「本傑明！我什麼時候變成這副樣子了？」

「要説這是保羅……」博士皺着眉，「嗯……怎麼説呢……」

「我覺得很像呀。」本傑明看着自己的得意之作，「哪裏不像了，要不這樣吧，博士，我來給你畫一張……」

「不要！」博士説着向房間裏跑去。

「那麼，海倫……」本傑明轉身看着海倫。

「想也別想！」海倫説着飛一般地逃進房間。

「喂，你們——」本傑明叫道，「哼，真是一點也不懂藝術……」

麥克警長，蘇格蘭場（倫敦警察廳）高級督察，南森和警方的聯絡人，也是一名大偵探，屢破奇案。當然，他所偵辦的都是人類世界中的案件。一起來看看他偵辦過的案件，運用你的推理能力，想一想他是如何破案的呢？

一幅名畫

　　麥克警長得到線報，維珍博物館失竊的名畫——繪畫大師莫內的作品《乾草堆》，要在布蘭登公園門口進行非法交易。麥克帶着一隊便衣警員，趕到了布蘭登公園。此時距離交易時間不到十分鐘了。他們知道賣家叫拉爾夫，買家叫路易士，線報說拉爾夫會偽裝成一個街頭畫家，路易士會去買畫，其實買走的就是那幅《乾草堆》。

　　線報給出了拉爾夫的體貌特徵，布蘭登公園門口的街頭畫家只有兩個，麥克他們很快就認出了拉爾夫。他們向公園門口走去，悄悄接近拉爾夫。這時，假裝對着公園畫畫的拉爾夫四處亂看，明顯是在找交易對象。麥克連忙躲進一羣由導遊帶領的遊客中。

「這是我們這個區域的新地標……」導遊指着公園裏的一個巨大摩天輪説，「一年前建成以來接待了無數遊客……」

麥克走出遊客隊伍，站在拉爾夫身邊不遠的樹後。這時，路易士走了過來，接近了拉爾夫，麥克也知道路易士的體貌特徵。兩人低頭説了幾句，路易士給了拉爾夫一個信封，拉爾夫把一個箱子給了路易士。

麥克他們一擁齊上，抓住了拉爾夫和路易士，打開信封，裏面是十萬鎊的現金，打開箱子，裏面果然有一幅畫，但是畫面根本不是乾草堆，而是眼前的布蘭登公園的摩天輪，畫得也潦草，還有拉爾夫的簽名。拉爾夫和路易士大聲地吵鬧，質問為什麼抓他倆。

「你是路易士？你花十萬鎊買這張畫嗎？」麥克問路易士。

「十萬鎊怎麼了？」在一邊的拉爾夫先叫了起來，「看不起人呀？我拉爾夫今後一定成為大畫家的，這張畫是我的早期作品，十年前畫的，現在就是值十萬鎊！十萬鎊還便宜了呢。」

麥克聽到這裏，笑了起來。他掏出手帕，跑到旁邊的水池把手帕弄濕，然後跑回來，用手帕擦那張畫，很快，

畫上的顏料被擦掉了，一個乾草堆露了出來。

　　「在油畫上畫上一層水粉畫，用水擦掉水粉色後油畫不受損傷，這個辦法以前有竊賊用過。」湯姆看着目瞪口呆的路易士和拉爾夫，「不用我再擦下去了吧？」

　　「我⋯⋯」拉爾夫身子一軟，差點摔倒。

請問，麥克警長怎樣識破拉爾夫的？

魔幻偵探所 15

幽靈騎士（修訂版）

作　　者：關景峰

繪　　圖：陳焯嘉

策　　劃：甄艷慈

責任編輯：周詩韵

美術設計：李成宇

出　　版：新雅文化事業有限公司

　　　　　香港英皇道499號北角工業大廈18樓

　　　　　電話：（852）2138 7998

　　　　　傳真：（852）2597 4003

　　　　　網址：http://www.sunya.com.hk

　　　　　電郵：marketing@sunya.com.hk

發　　行：香港聯合書刊物流有限公司

　　　　　香港新界大埔汀麗路36號中華商務印刷大廈3字樓

　　　　　電話：（852）2150 2100　　傳真：（852）2407 3062

　　　　　電郵：info@suplogistics.com.hk

印　　刷：中華商務彩色印刷有限公司

　　　　　香港新界大埔汀麗路36號

版　　次：二〇一八年十月初版

ISBN : 978-962-08-7147-4

魔幻偵探所